远去的村庄

红星大队档案

林目清 著

图书在版编目（CIP）数据

远去的村庄 / 林目清著. -- 长春 : 吉林文史出版社, 2020.4 （2023.1重印）
ISBN 978-7-5472-6761-5

Ⅰ. ①远… Ⅱ. ①林… Ⅲ. ①散文集－中国－当代 Ⅳ. ①I267

中国版本图书馆 CIP 数据核字（2020）第 039421 号

远去的村庄

YUANQU DE CUNZHUANG

著　　者：林目清
责任编辑：钟　杉　王　新
封面设计：四川悟阅文化传播有限公司
出版发行：吉林文史出版社有限责任公司
地　　址：长春市净月区福祉大路 5788 号　　邮编：130118
电　　话：0431-81629363（总编室）　0431-81629372（发行科）
网　　址：www.jlws.com.cn
印　　刷：三河市嵩川印刷有限公司
经　　销：全国新华书店
开　　本：210mm×145mm　1/32
印　　张：6.25
字　　数：97 千字
版　　次：2020 年 4 月第 1 版　2023 年 1 月第 2 次印刷
定　　价：42.80 元
书　　号：ISBN 978-7-5472-6761-5

木匠乎？诗人乎？（序）

姜贻斌

朋友们为何叫林目清为木匠，我实在想不通。

我不是看不起木匠，我小时候的理想，便是长大后当个木匠，木匠能够走乡串村，还能够吃香喝辣，还能够阅尽村姑无数，又有何不可？总之，靠劳动吃饭的人，就值得世人尊敬。幸亏自己是个考据学专家，渐渐地，便把人们叫他木匠的缘由查了出来。

为此，我感到很高兴。

其一，他名字里有个目字，目木同音。其二，他生长的那个乡叫木瓜。其三，那就要说到他的体形了，目清个子不高（这还是给他留了面子的，如果让姚明看见，简直是奇矮），且长得武武墩墩，像一截千年不死的胡杨树。因之，这副身材是最适合当木匠的。

当我终于考据完毕，竟然痛痛快快地喝了一餐酒。

目清也喜欢喝酒，每次都很卖力，好像要以一己微薄之力，拉动庞大的经济内需。由此可见，木匠是个有大情怀的男人。而且，寻找他也不太困难。转去多年，我在街上行走，只要看见前面走来摇摇晃晃的一个人，像个不倒翁，也似乎是一截会移动的矮树，那不用猜测，就是他林某人。

而且，我总是有个错觉，朋友们如果说起木匠，我自然会想到是他。如果说起林目清，我便会莫名其妙地想起林清霞，总以为他们是一家人。又怀疑，既然是一家人，怎么形容差别这么大呢？所以，又怀疑林家的妈妈或爸爸——哎呀，这的确是太不厚道了。

目清这辈子要做木匠已是不可能的了，当数学家呢，也已是不可能的了（该君在大学里学数学），却莫名其妙地混进了诗人队伍。当然，这也不奇怪，借着各种名号混进诗人队伍的人的确不少，何况木匠乎？而且，该君擅长写爱情诗。对于他的这个选择，我以为是符合他的想法。这不是讽刺他，像他这种等外品，只有他暗恋别人的资格。至于那些女侪，尤其是长得乖态的女侪，是绝对不会主动找他的。所以，该君心里非常痛苦，痛苦又如何呢？难道某个女侉为了同情你，就来跟你结秦晋之好吗？于是，在痛苦之中，他便开始写诗，甚至大写特写爱情诗。真是写得天昏地暗，写得黄河倒流，写得哭声笑声感叹声一片，写得千里莺啼绿映红，水村山郭酒旗风。

的确是个诗人，性情而富有味道。几乎每次酒过三巡，他便要拿出手机朗诵。你若不信，请听：一种爱总是让你痛，是因为它的一个弹片，在你的身体无法取出。再请听：我总是想敲开你的门，但总担心进去了，却无法退出，于是我想只站在门口等你，但又担心熬不住半夜的寒冷。

由此可见，该君的诗是写得好的，基本上没有什么错别字。还由此可见，该君的激情还是有的，形体动作也较夸张，就是那一口塑料普通话，让各位捧腹大笑。

有一次，朋友们正喝得醉与不醉之间，突然，楼下有人撕开喉咙喊木匠的大名，且是女声。木匠历来是个雷打不动的酒仙，竟然无声地溜下楼去，像败走麦城的关云长。我们不知何人居然有如此大的威力，便个个从窗口伸出脑壳一看，哦，有个起码比木匠高出二十到三十厘米的女侉，长得十分俊俏，威武地跨在摩托车上。这时，只见木匠像个败将乖乖地坐在后面，摩托车便呜呜两声，迅速地开走了。

谁？我问。

他老奶（老婆）。

哦。

在这个世界上，木匠终究还是怕某个女伢的。

木匠乎？诗人乎？让我们一起走进他《远去的村庄》探个究竟。

（姜贻斌，著名作家。系湖南省作家协会名誉主席，中国作家协会会员，文学创作一级。）

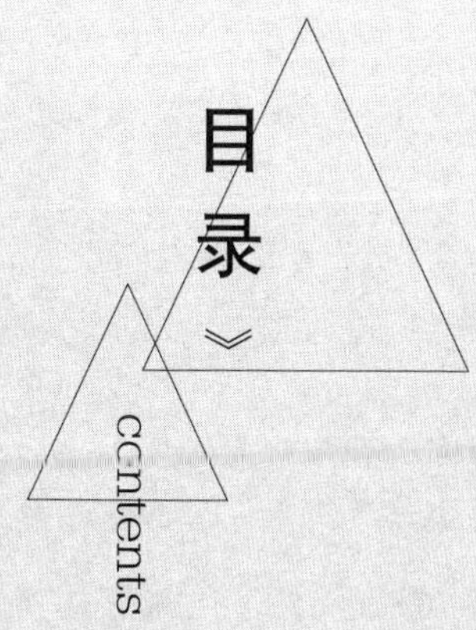

第一部分　乡间硬汉

第二部分　乡间行走

第三部分　走丢了光亮的男人

第四部分　寻找光亮的女人

第五部分　月光下的走廊

第六部分　泥土上跃动的光芒

第七部分　红星灿烂

第一部分

乡间硬汉

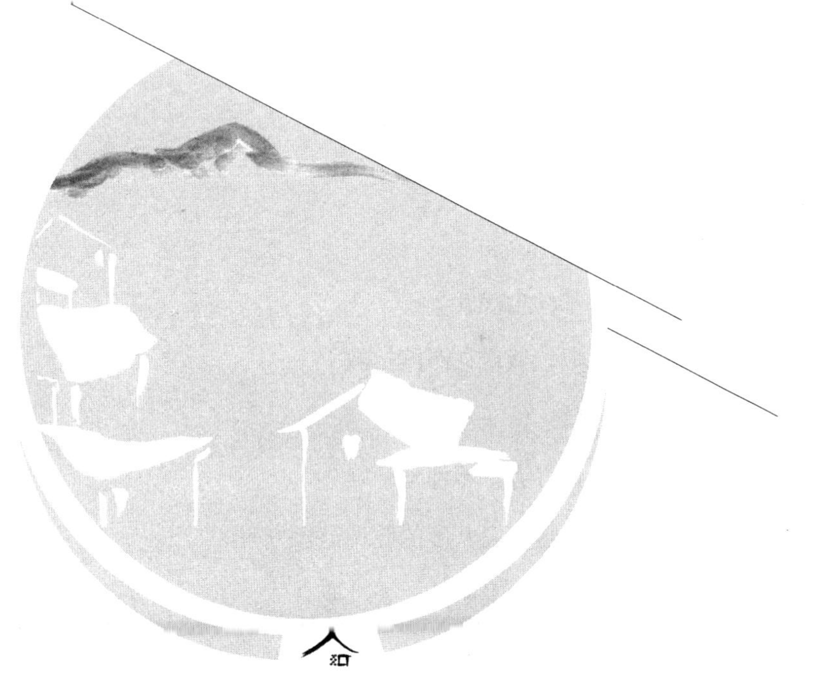

篾匠二爷

二爷，是一个篾匠

有人刚把二爷送往医院抢救

一只乌鸦

像一个预言者，不停地呼唤

呜哇，呜哇，高八度的腔调饱含方言

把村庄叫得一半阴暗，一半明亮

一半昏迷，一半清醒

一片树叶，不得不脱离树枝，飘落，枯黄

在风中，陷入孤独，流离失所

此时，一个被时代遗弃的古老村庄
一棵古树还在摇晃
一口水塘还在呼吸
几只麻雀还在说话
一个老人望着一个老人走远，默默地
进入静默

就在几个小时前
他还坐在一面晒簟的中央
如一座雕像，被太阳晒得发烫
晒簟整整使用了三十年，四周全是破旧的岁月
他轻轻地削着比纸还薄的篾片
想再一次修修村庄失传的手艺
补补村庄老去的味道
甚至想做一副箩筐装满乡愁
做[illegible]中提篮，填满故事

可是他已是百岁老人
生命的里里外外全部是破损的光阴

脸上布满的点点黑斑都是已坐化的时光
在一面晒簟的中央，舞动双手
他还想捞住周围活着的时光
可他的手渐渐不听使唤，动作变得迟缓
直到指尖窒息冰冷。于是身边的竹椅、竹筒
竹笼和畚箕，还有那些祖祖辈辈遗传的温暖
都突然开始在风中摇晃

进了医院的门，医院的两扇门
最后哪扇门为他打开呢
这时突然雷电交加
风，在感叹
一片树叶，开始没有出生证，后来没有身份证
现在，如同尘埃飘坠。一切已无法挽回
只有大地接受它的残体孤魂，掩埋它
无法言说的伤痛，直到清冷中
长出没有伤痛的圆满

2017 年 1 月 10 日

铁匠老五

铁匠，是唯一在这个世界锤打世界的人
他烧红了太阳
把太阳锤打成月亮
锤打出满天星光
夜在淬火
留下所有的刀光
收割时光

老五打小跟着爷爷去了十多里外的镇上
学打铁。起初只是帮爷爷拉风箱

后来腰板硬了，爷爷才手把手教他手艺
怎么拎锤站桩，怎么掌握火头
如何把握击打的力度与频率
什么样的铁器打进什么样的钢口

咱生产队的家用或农用铁器
都是他和爷爷用心打出来的
小镇的铁匠铺，很兴旺
老五靠打锄头、砍刀、钉耙和铁锹等农具
成家置业、生儿育女
在20世纪90年代就盖了四扇三间的两层楼房

钢是打出来的，铁是本性
爷爷那块铁，再也打不出钢，被岁月老化
爷爷死那天，再三叮嘱老五
要把铁打好，铁匠铺祖传的手艺不能丢
打铁不能心浮气躁，一块好铁烧红了，也是个美人儿
柔若无骨，关键是怎么用心去把它打成自己心爱的模样

老五哭着应承：“好！”
为了在爷爷临终前许下的誓言
老五把心完全沉到了铁上
他下决心，要找一块好铁，打成一把好刀
吹毛断发。把那些祖辈们艰涩的日子
从时间的木乃伊里，切割出来，烧好火色，打出光彩

可是岁月变迁，时钟走得太快
老五正想大显身手的时候，生意渐渐冷淡
因为田地基本荒废，野草疯狂。种庄稼的人
死的死了，走的走了。没几个对耕田感兴趣
老五就改行开了个红星土菜馆
但那些炉子、铁砧、锤子依然站在铁匠铺门口
沉重地等候

老五似乎在心里养成了一个习惯
每天都需要暗自敲打几下，心里才舒坦
手好像还一直拎着铁锤，在敲打什么
也许只有如此敲打

日子才会不停地响亮，不停地红火
生命，才会越来越有硬度

老五从铁匠铺走到红星土菜馆
走了半个世纪
完成了一块铁到一块钢刀的过程
抖落无数的尘土与冰冷僵硬的火星末
日子不再是那个日子

2017 年 1 月 3 日

杀猪匠老七

杀猪匠老七来了
三岁孩童都知晓
过年的日子马上要来了
过年的日子激动人心
家家户户冒喜气

老七一进村
老猪们一听到脚步声
就知道阎王来催命
家家户户的老猪就一头接一头地号叫

连猪娘崽子们也惊恐万分，号叫不停

可怜的猪，吃了那么多猪食
长了那么久，才正好长出一个像样的肉身
在猪栏里不争不抢，两耳不闻窗外事
无病无灾，太太平平睡得香
今天就要离开猪栏，横尸屋外，令人心伤

老七，人高马大，是远近闻名的大猛汉
一把攥紧猪耳朵，迅猛把猪往外拖
几个壮汉围过来，抓住了猪的四只脚
最后一个扯住猪尾巴，齐力一抬
猪就上凳了，把猪的前脚往凳上一卡
老七捞住猪下巴，往后一扳
一刀捅下去，拉出来，两秒钟
血哗哗地冲出来，像水库放开闸门
泻向凳下装血的木桶里
三分钟，猪，不再叫，乱蹬的猪脚猛一直
猪的嘴巴里咕隆隆一阵子，猪没了声息

大家齐声一喝："放！"
猪滚落凳下，晃了几晃，安安静静

老七带来杀戮，也带来喜庆
有时，幸福与喜庆，似乎伴随着杀戮
不管是猪牛马羊，还是鸡鸭鹅鸟
被人豢养，被人宠幸
但最终都面临同样的命运
都将用它们的肉体为人类的快乐
做出最后的牺牲

小时候，我一看到老七就心惊肉跳
他那脏兮兮、满脸胡茬的屠夫师傅杀气
令人不寒而栗，我妹妹一见他来就号啕大哭
远远地走开
接着老七大喝一声："拿井水来！"
这时，那些被吓跑的孩子们
很快围拢来，欣赏给猪去毛的过程
老七一边忙活，一边嬉皮笑脸逗孩子们取乐

猪，在几个人的吹吹打打、刮刮刨刨中
变得嫩白嫩白
紧接着来，主人搬来了梯子
把白嫩嫩的猪用梯子吊起来
老七把猪开膛破肚，剐开
热腾腾的肉香味儿，直扑围观者的鼻孔
钻得人的心都痒痒的
真想把漂亮白嫩可爱的猪狠狠咬上一口
孩子们都流着口水
期待能早点趁热吃到杀猪肉

杀一个猪，到吃到它的干净肉
要花个把小时
那时生产队白天要劳动
红星大队规定清早和晚上杀年猪
家家户户按顺序来
老七总是赶着晨光摸着月光行走在屠夫的路上
晨光为他抹去血腥，月光为他驱赶鬼魂
几把钢刀，一只竹篮

背在身上就出发，放在地上就杀起来
杀到哪，吃到哪，还要兜一点儿杀猪肉回家
哄婆娘，逗小孩，伺候爹娘

数十年过去，远离家乡
老七已不在人世
但每到腊月
老七忙碌的身影
却老是在眼前不停地晃动
猪的号叫声也一直跟着我
在不停地闪现出一摊猪血
每个腊月，每个村庄都在杀戮
以一头猪的重量
考量一个家的喜庆
以所有禽兽的死亡率
检测一个村庄过年的热闹程度

2017 年 1 月 15 日

李木匠

李木匠，是远近闻名的匠艺师傅
哪家的嫁妆不出自他手呢
他做的宁波床是一绝
他打的扁桶装米
总觉得舀一瓢，多一瓢
所以，他手里总有接不完的活

红星大队的各种木制家具里
都收集了他的心跳节奏
静夜里能听到其响动

每一块木头，在他眼里都是
组装理想生活的珍贵材料
岁月在他掌上的磨茧，像磨刀口
磨出过灿若星辰的光辉
那些明暗的木质纹路
每一条都通向他创造新生活技艺的城堡
曲径通幽，蜿蜒抵达他的身体、灵魂里

家家户户都是他为红星大队
创造美好生活的临时作坊
摆满作业时的工具：
刨子、凿子、牵钻、墨斗、角尺
所有这些可以比喻为翅膀的东西
竟那么凑巧地把他组合成了一只斑斓的蝴蝶
任他尽情地飞，精彩地飞
从没有徒劳，不断飞进家家户户
展现他们对美好生活的追求与向往

太阳有时会遭遇乌云

同行生嫉妒
有人举报公社修大会场时
他故意把一根梁安歪了
害得公社书记老婆出事故死了
他被免去了做木匠的资格
从此，只允许他下田耕地扶犁

李木匠从岁月的夹缝里挨过
直到粉碎“四人帮”拨乱反正
才平反昭雪
但李木匠不再是原来的李木匠
他变成了一个奇怪的人
不做家具，不做房屋，专做棺材
棺材手艺真是一绝
方圆几十里的老人
全都找他量身定制最后的归宿

大前年一次车祸，把他一只手弄丢了
衣袖挂着一只空手

天天绕着剩余的木材转悠

李木匠非常难过

后悔没有亲手替自己打一副棺材

为此，他反复叮嘱家人，死后

要让锯子、刨子、墨斗和角尺之类的伙计

全部排好队，跟他一起走

他要带着手艺养身

如今的天堂神仙不断加剧死亡

也许天堂一切还是老规矩

做棺材，木匠的手艺正红火

2017 年 1 月 20 日

张石匠

石匠，不是开山劈石就是打磨石头
开山劈石
僵死的生活才能透出气来
打磨石头
日子才能在清晰中分出条理

张石匠是一个外乡人
一口双峰话很难听得懂
他像一个江湖郎中，背着一身石匠的手艺
闯荡雪峰山方圆上万平方公里

他的功夫不是开山劈石
而是打磨石头，打造石碓、石磨、石狮子
最擅长修石磨

天，大清早，张石匠在院了里吆喝
“修磨啦，磨剪刀啦！”
吵得满院子的鸡鸭鹅嘎嘎叫
早早奔出各家的门
六爷走出门打招呼：“张石匠，这边来
看看我家的石磨吧，都磨不出豆浆啦！”
张石匠顺声猫进了六爷的家

六爷老婆早去世，家里有个水灵灵待嫁的晚妹子
晚妹子叫秋菊，张石匠麻利地翻开两块磨
打探一看，石磨的石沟确实磨平啦
他二话不说就拿出锤子和铁铲开凿
叮叮，叮叮，石灰开始满脸飞
凿了半晌午，仿佛凿进秋菊的心
秋菊笑眯眯递来一碗热烫烫的茶

张石匠接了，一饮而尽

六爷出门担水啦，秋菊在一边呆着看
越看越起劲，张石匠埋头苦干的傻样儿
让秋菊几次想发笑。秋菊越看越上心
仿佛自己的身体也为他猛攥起了一把使不完的劲
仿佛张石匠就是一把有劲的铲
一个比铲还来劲的铁血汉
秋菊禁不住“咕咚”一笑
捂着嘴走进灶屋煮饭啦

吃过中饭，张石匠突然觉得头昏眼花
继而从凳上瘫软到地上，六爷吓出一身冷汗
急忙把他扶到床上，再奔出门去喊赤脚医生
医生走来检查打针，说，放心，不是什么大病
睡醒了就没事啦。秋菊瞟了一眼医生，在一边偷笑
睡到深夜，秋菊悄悄地爬到张石匠的床上
……

一大早起来秋菊就大哭
要张石匠讨她做媳妇，不然就举报给政府
六爷蒙头蒙脑，左思右想，答应了秋菊的要求
张石匠也蒙头蒙脑，有口难辩，也应许
吃了早饭，就到生产大队开了证明
然后马不停蹄，去公社领了结婚证

张石匠走了桃花运，从此更加远近闻名
定住媳妇家，开心闯天涯
一把凿子，凿出了星星与月亮
一把锤子，锤出了红红火火的日子
张石匠与秋菊一连生了三男两女
凭着精湛的手艺把儿女都送进了大学的门
祖国的大江南北都有儿女工作的身影

如今张石匠已八十高龄，和秋菊仍住在自家的老屋
凿子、锤子的时代已远去
有时他待在家里摸摸锤子和凿子
再看看暖心的秋菊，深刻的皱纹展开又缩拢

发出忽明忽暗的亮光。乡里乡亲聚在一起
常问张石匠当年怎么走了狗屎运
他总是抿嘴笑而不说，暗暗瞟一眼秋菊
秋菊那天下了什么药，至今是个谜

一个石匠
把生活凿进了时间
把时间凿进了历史
把爱凿进一个时代对爱的特殊追求里
爱，是一种掘进
一种对硬度的破开与超越

2017 年 1 月 22 日

第 二 部 分

乡间行走

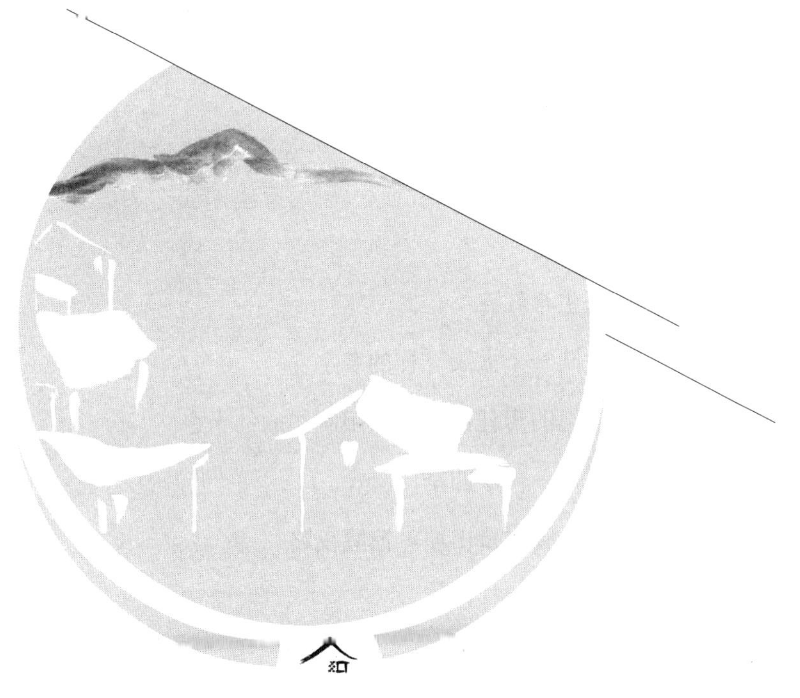

赤脚医生李红三

赤脚医生李红三

红星大队一个太阳一样的名字

他把自己的责任嵌进用太阳制作的红十字

背在肩上，一年四季

用一双赤脚丈量田埂，惊醒夜路

翻山蹚河

一个背箱，一双赤脚

晃过一个年代，留下了太阳的背影

留下一张黄中发亮的名片

给土地戳上最暖心的烙印

历史不会忘记那个激情燃烧的岁月
试想，木头燃烧过后，灰烬也有余温
一张唱片，播放过后，仍有余音缭绕
红星大队忘不了自己多病的口了
想那时，他拿起针头，不断扎进
一个个荷锄扶犁者的病痛
扎进一个时代体弱的躯体
撕下膏药，贴入一个时代时不时的痛痒
他那一双温暖的手总在感触父老乡亲
向往强健体魄的温度与心律

他经常走进左邻右舍，嘘寒问暖
家家都是亲戚
尽管沙罐子熬出的草药
飘香之后，更多的是苦涩
但苦涩之后绽放的是笑脸
即使药到病除之后，忘了伤痛
但那些满口土话的乡亲，心底认死理

恩情永远牢记在心里
还有哪些折断的骨头没有愈合
他一直牵挂着
他要打开木夹子，抓捏
不痛，就好了；痛，再上药

不是所有的烙印，时间都能抹掉
不是所有的胎记，时间都要剔除
我们崇尚赤脚医生的赤胆忠心
他披星戴月，借用太阳的光辉
救死扶伤
用一双磨破的脚
把一条行善的路磨亮

数十年过去，麻雀仍瞄着田野上的稻草人飞
寻觅头顶上残留的谷粒
我绕着李红三这个知青住过的老屋
走了一圈，总想找到一点儿他遗漏的什么
李红三，深得祖上真传

镇上的河边，那一线药铺子
是民国时期他祖上的产业
小时候我去过，那里药味很重
后来，淡了。再后来
李红三，从红星大队
回到了镇上，接管了镇上的药铺
药铺，又开始兴旺

为了找回那陈旧的阳光
我拉着今天的阳光寻访他而来
我沿着那药铺子走，发现一个耄耋老人
正盯着那杆小秤
仔细地称着那些星星
他透过厚厚的镜片
把我打量，看我是不是他称着的一颗星
他终于透过我的沧桑
认出了我是一种药，一种乡野的草药
他闻到了我的药味和土味，叫上了我的名字
我们握手寒暄，双手颤抖着诚意

我满眼放射着我的仰慕与收藏很久的敬意

他说，不要这么客气，不用这么特意地记得
过去只给我打过两次针
一次是感冒发高烧，烧成一个火球
一次是急性肠炎，乾坤翻滚
他说乡里的孩子都是泥捏的，过去只是缺衣少食
不注意卫生，乱吃食物才坏了身体
他说，想他小时候
不用医生望闻问切，也不需要打针
无论犁铧下翻卷的阳春，还是夏秋翻滚的伤痕
风里雨里，像小牛犊
脚丫子与手指头弄出血口子
烂布条子蜘蛛网都是上等的良药

李红三，一个时代的恩人
如果有来生，我只信他
信他，人本身都没有病
只是疏忽防备

信他，只要他给我再打一针

扎入我生命

就可以赐给我没有病痛的来生

2017年3月3日

放映员周后石

太阳还老高

周后石在广播里突然宣布

今晚放电影，顿时田间地头一片沸腾

肃静，肃静

太阳刚刚下山

蛙声虫鸣

就把两根木杆竖起

高过了金黄的草垛

白色的幕布，像裁下一块四方的月亮

把日子绷得太紧

生产队长散工的哨子还没吹响
鸟儿们都飞回巢，那些蚊虫
比刚放下锄头扁担的贫下中农还急
早早都赶到了放电影的禾场上
东一团，西一团，四处闹腾
红星大队放电影按例每月一次
这是一个月最大的喜事
急急忙忙跑回家的人们
抓把老人早已炒熟的瓜子、豆子或花生
就急着往四方形月亮方向赶

一个大队的人
许多人认识，许多人不认识
但都是父老乡亲
除了浑身沾满泥巴的父母和兄弟姐妹
这个操持着光影世界的周后石
才是最亲的人
除了谷粒、红薯与春雨

这熟透了的露天电影
才是最可口的粮食

不管你挑着担子来
拖着板车来，坐着手扶拖拉机来
还是打着赤脚抱着孩子举着火把来
乌黑的夜晚，一头扎进月明星稀之中
质朴的乡亲，靠一束光亮
靠一支发光的针管
针灸着贫血的乡村

首先大队书记讲话
讲完了春耕生产的几条规定
然后安排明天由王老三和李麻子两地主
把电影机子抬到隔壁七星大队去
哇啦哇啦，最后宣布放电影
星星们不用挤，都可以找到位置坐定
不要门票，最远的那颗星，在路上也不用急
电影开始是新闻纪录片

毛主席接见外宾

马达声声，胶片轮回
嘶嘶作响，偶尔发出烧焦的气味
我看见一支旱烟贴近了灯泡，那个老知青
梦想着点燃从前苦涩的生活
点燃这个夜的兴奋
以及偷偷和隔壁生产队姑娘相会的幸福
而我被挤在幕布的背面听枪声
浏览着刀光剑影与飞舞的萤火虫
还有放映机的光亮映照着的周后石
那张不断变换颜色的最好看的脸

2017 年 3 月 5 日

接生婆三奶奶

红星大队
月亮一出来
就有几个新媳妇要怀崽
太阳一出来
就有几只母鸡要下蛋

一年四季
总有瓜熟蒂落的时候
季节一来
就有许多树又挂果了

饮露水蓄胎气
熬煮星光和月光保胎
一旦瓜熟蒂落
要落，就落下来
闪电一样阵痛
像雷阵雨
急死接生的三奶奶

三奶奶一出动，就是雷电行动
风风火火
背着接生箱，面露喜色
心存焦虑，奔走在田间小道
穿行在崇山峻岭的山路
半夜里捉星星
把星星从黑的深处抓出来
白天里捉太阳
把血淋漓的太阳
从云雨深处掏出来

在来到红星大队的所有鲜活生命中
我也算是被三奶奶接住的一个
一个四斤半的煋娃，还没长满斤两
没有任何痛痒
突然就掉在猪栏边
等到三奶奶赶到，给我剪断脐带并给我洗浴
我已哭断了气
再等三奶奶耍个道法，三摇两拍
才又把气接上

三奶奶
切断了生命从一个世界
到另一个世界的通道
从此，不再有回头路，只能一路向前
经过三奶奶的洗礼，洗去前世孽缘，今生保平安
用布包好，拒绝尘埃侵扰，需要洁身自好
但襁褓与衣服，无法阻挡尘世的污秽与侵害
生命在抗争中
直到把生命慢慢耗尽

三奶奶说，人一生下
就是为了清扫尘世的尘埃
但最后来清扫的却是时间
时间最终把过去一扫而尽
三奶奶说，她只是各种灵魂修炼成道后
返回人世的交接手
她掌管各种灵魂的生死
所以得道成仙低调一点儿，灵魂纯洁一点儿
这样一切都好说
既然喜欢到人间，就规规矩矩出来
不要噎死在母体
也不要卡死在变成人形的关口

修成了道法，就听三奶奶的话
瓜熟蒂落
很容易的事
乡野有哪棵树又挂果了
都是为三奶奶挂的

三奶奶不出来接住，就不能掉下来

乡野的果

没有预产期

要落，就落下来了

抓住机缘的闪电

像雷阵雨

掉下来

2017 年 3 月 8 日

媒婆四婶

四婶的口才是天生的
能把死的说成活的来
自从崽都娶了媳妇，女儿嫁了
四伯也死了，没人管她的嘴巴
四婶就自谋了媒婆的工作
于是总爱走东家串西家
张罗姑娘小伙的爱情生活
并给老弱病残牵来迟来的爱
给中途丧偶者找来新的匹配
一年能说成十多对

她说每成就一对，可以多活十多岁
大家都说四婶是赛似神仙的老妖怪

媒婆是玩转舌头的人
能把姑娘说成是天仙
把小伙说成是王子
然后拉着天仙去见王子
或拉着王子去见天仙
一见钟情，媒婆就忙得笑呵呵
她再绕左一圈，右一圈
男方就得出彩礼
女方就得买嫁妆
如果她走到女方，回复不了男方
她就会托人传信来，男方就明白
肯定需要把月亮星星都摘下来

四婶比一般的媒婆更神奇
她把四十多岁的李瞎子说得能通天
硬让十八岁的女跛脚开心地嫁到李家来

她把少了一只脚的孙猴子说得能上电视跳街舞
结果一个比孙猴子小两岁的断臂女孩
说一定与孙猴子结婚一起跳芭蕾舞上电视
四婶的神奇惊动了省城一个退休老干部
老干部丧偶多年，　直苦闷找不到称心的伴侣
他专程从省城赶来寻找四婶
他们意外在村口相遇
两人面面相觑，突然老干部惊呼
“桃子，怎么是你？”

这个世界什么奇迹都会发生
老干部竟然是当年下放插队的知青
和四婶相恋五年整
因成分问题
老干部进了城，四婶另嫁了人
一晃四十多年过去
想当年，相对浴红衣
隔窗相思苦泪滴
你，如今从千里之外，探出春的讯息

一声问候，枯木逢春
花开了四季

此时，村口的小河在吟诵
“我，徘徊在杨柳岸，晓风残月
万缕情丝，随流水东去
你，漫步在月光下
一曲清歌，红袖添香，叹蝴蝶又飞舞
春去春又来，花落花又开
红烛里，你在等着谁的音讯回
谁，在寂寞之外
一遍遍读着你映照月亮里的身影
谁，画着眉毛，一次次倚门回首盼君归？”
四婶、老干部知青，两个人情不自禁
紧紧拥抱在一起

2017 年 3 月 12 日

守山人李驼子

李驼子从孤儿熬成鳏夫

经历了 60 多年的风雨

尽管读过几年私塾

但也没找到用处

红星大队为了表示对一个五保户

与知识分子的尊重

安排给李驼子一个轻松的活儿——守山

红星大队的山，远在雪峰山上

离大队几十公里

大队书记给他找了一个亲戚

让他借住在亲戚家里

亲戚住在山中古村落
古村木屋的门半开半掩
一只彩蝶自门外翩翩飞来
趴在李驼子的床头
李驼子还在喃喃梦呓
好像在念叨一首宋词
里面有山有水有佛道
可以修身，可以净心
一只斑鸠
落在李驼子的被子上，把他叫醒
他突然觉得自己仿佛睡在神话里
一生的疲惫穿过岁月
经寂寞反复敲打成佛珠
镶嵌于山上的松柏
一种神思缭绕于山涧
穿越时空
来去仿佛已万年

山上有一寺庙

李驼子一醒来

抹把脸，走出屋门

向寺庙奔去

到达庙堂，展望蓝天飞云

顿时，心念如水

他像神马仰天长啸，从没有过这样的自由

声音传扬着人生跌宕的命运机理

似翻越了阴阳界

破译了生命的密码

惊出禅意倾斜出柔润的颜色

李驼子希望自己的汗身被光擦干

钉在对面悬崖之顶修炼风骨

让生命如一颗种子

生而花开，死而芬芳

李驼子在山上已幽居十多年

暗地里早已皈依佛门，拜师修道

为了迷惑红星大队书记
一直佯装住在大队书记的亲戚家
每天清晨上山，半夜而归
他师傅，是仙道高人
曾甩着长袖远道云游而来
幽居在此山水之间
舀碧玉涧的清泉磨墨
借野山羊的胡子做笔
梦题“五龙寺”
次日，一寺庙果然坐落五龙山顶
从此，师傅在寺内
吟吴歌，弹楚韵，提炼草木之心
于子夜，热一壶老酒
邀月对饮
饮千米幽静，疗俗心伤痛
望清风明月沉醉一地洗凡尘
闻龙吟虎啸唤醒天神慰平生

李驼子心诚，也修得佛心

仿佛进入了时光的巢穴
推开内心的空旷与江湖
天天在师傅的卧榻前打坐
怡神，构思，修心
时见七彩斑斓的意象
恍若幻境
一个夙愿，终于开成一朵莲花
一朵莲花，终于开成一个夙愿
遁入空门，由此仰望天空
最是恰到好处的角度
在此，一寸阳光，一声鸟鸣
一抹云影，一指风月
足以贯穿红尘，盛开风景
而面壁静修，凝视颠簸的生命
也是恰到好处的位置
一把孤独，一道伤痕
一曲梵音，一剂良药
足以透晰灵魂，相逢远方

李驼子，静坐莲台，心念苍茫大地
松枝肃穆，修竹明净，青草口吐露珠
神虎仙鹤闻风而动，弃杂念，虔诚悟道
一只杜鹃立于飞檐翘角
声声“不如归去，不如归去”，宛若诵经
一句唐诗敲开夜色，阳光匍匐下来
热气腾腾，朝着佛的方向流淌
远离喧哗，穿过浮埃，莫大快意
再起身到最低处身披布衣
手握笤帚，打扫寺院，从前至后，从左至右
清扫落叶、沙石、阴影
用山泉冲洗灰尘、污垢、罪孽
再刷洗自己的欲念，搓洗自己的骨头
只留下蝉鸣、花草和星空
只留下木鱼、香火和慈悲
黄昏，在对酌亭，与李白举樽对歌
夜色带着一阵暗香，深情地回归
心缠绕在古韵之中
心里耸立一座山峰，苍翠欲滴

眼里淌过一条河，酣畅淋漓

李驼子怀揣仙道诗韵
神游仙山楚水
醉卧暮鼓晨钟
不知已何时仙去

山还在，人去山寂
今，试问守山人何在
红星大队无人知晓
寻无踪影

2017 年 3 月 16 日

第 三 部 分

走丢了光亮的男人

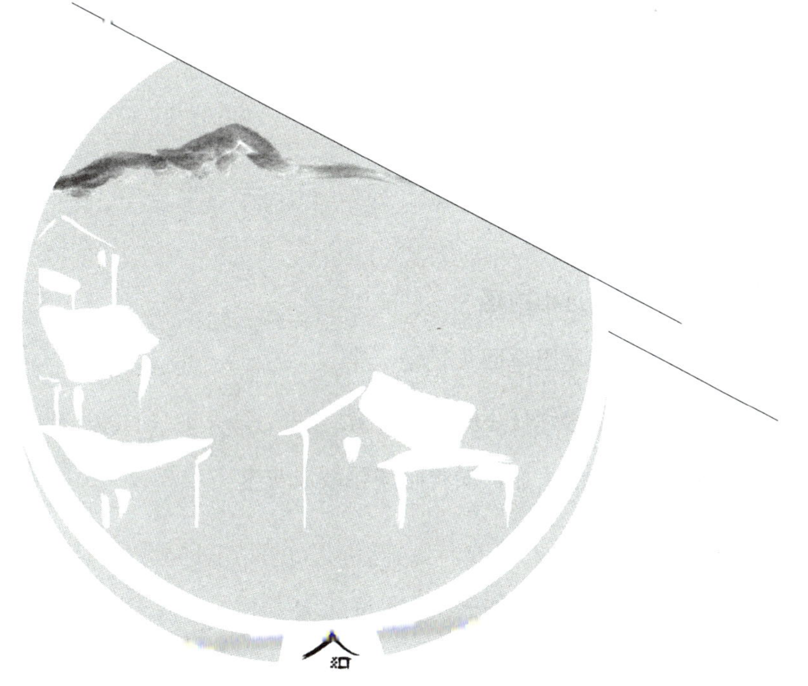

拉二胡的大伯

夕阳向远山跪落

一株狗尾巴草回头轻轻一晃

遍野仿佛锁住了嘶哑的声音

霞光突然失血，淤青暗淡飘散成灰末

一群有翅的小昆虫

在空中迎风盘旋

柑橘地里，我陪母亲摘橘子。一团团金焰

光亮而真实，跟随农家谚语一起扯断了疼痛

落入饥饿与拜金互掐的信仰

先前的霞光因失血而彻底死亡
堕落成夜幕。我依稀陷入冥界之境
蓦然，有人在叫喊我母亲：大伯投河自尽了
这一烽火急报，一时在红星大队炸开
炸死刚游出的满天星星，在红星河泛白地漂浮
那个白肚的月亮，就是我大伯

大伯有三个儿子，都在上学。老婆因肝病早早去世
一个人的工分，怎么也喂不饱一家人的饥饿
长期没有肉食，使他双脚与脸都浮肿
他患了夜盲症，惧怕黑。夜里怕儿子们走丢
常在黑夜里哼着小调，拉着二胡
哄儿子们围着他，听他讲笑掉牙的故事

太多的黑暗，总是对他围剿
他选择不再与黑暗对抗，红星大队的红星河
是他最亲的伙伴，从小在河里泡大，有着相同的血脉
这次他要把一切交给红星河，用自己的肉体供养河神

让河神承担养育三个儿子的责任
这次没有公证人，却意外地获得了与河神的成功交接

他的死，村里一阵骚动，嘴巴热闹到深夜
立即转入一个夜的安静与死寂。第二天
几个劳动力用草席子包着他的遗体，一杆烟的功夫
就埋进了红星大队的后山。泥土拱出一个新的符号
一个草包火，冒出一股股青烟
宣告土地对他的接受

大伯死时，不到五十岁。在我的记忆里
印象仍然很清晰，记得他总是笑呵呵地出工劳作
一根腰带，一条短裤，很少穿过衣服
他很洒脱，仿佛他就是上帝，不听岁月的使唤
任由胡须纵横交错。每逢佳节，怀抱二胡坐在后山上
总是把那些支离破碎的日子拉得泪流满面

2017 年 3 月 21 日

患有白内障的七爷

七爷的眼睛突然看不见了

但他并不惊恐，也不懊恼或绝望

他很淡然

好像看得见与看不见没什么两样

一切似在他的意料之中

七爷，一出生就见不到父亲

母亲当一个宝带出襁褓，来不及学走路

母亲见父亲去了，他一个人吃百家饭长大

所以他长得魁伟

是个壮劳力

七爷抗过美援过朝，当过铁路工人，挖过煤
哪里需要哪里去，最后回到大本营
找过媳妇，但没牵过女人的手
他说：我拿什么养媳妇呢
一个人吃饱全家不饿

风雨八十年，八十年风雨
后来政府给七爷安排了房子，搞了低保
刚搬进新房，眼睛就突然看不见
他说昨夜上厕所拉亮电灯，眼前白花花一片
一闪就黑了

一盏灯炸了，还是七爷的眼睛触电短路炸了呢
眼睛积聚了太多的黑，太多的沙尘蒙眼太久
眼睛早已习惯了微光与黑暗，面对意外的强光
一种应激反应筑起了防护墙
一场黑暗错误的大暴动，杀死了来犯的所有的光

失明后的七爷再没有说过一句话
从此在他的世界，字符与音符全部自动删除
声音化为静默，像一种意外把手机调成了静音
眼睛像干枯的井
留下两个大地结痂的疤痕

七爷一生叽里呱啦的往事，像一本书
定格在时间里
随风翻动那残缺而孤单的思想
但无人能听懂其中隐藏的风和雨
唯有那永不变异的庄稼和他抚摸过的花草树木
深夜里在朗诵

在一个中秋节的夜晚
圆月刚刚梳妆打扮出来和观众见面
有人在田埂上发现他走了
只见他耳朵贴紧泥土，嘴巴张得很大
似乎他还要吞尽世界的苦

趁这个大家欢聚的夜晚，把一切美好交给大家

旁边，一只蟋蟀叫个不停

仿佛用一种地道的乡音，收录了七爷临终前遗落的

从前没有说完的叽里呱啦的语录

2017年3月26日

爱打鱼的老三

比深秋，更深
水面又下调了一层，河里
照着月光都能看到鱼
手电筒一照，鱼的秘密都在里头
这些鱼都太小，一网抛下去
鱼飞跃出网孔，就像表演杂技
老三恨鱼老长不大
其实鱼从来就没机会长大过
老三后悔没拿麻鱼机来
这些鱼仔，都是水库逃出来的

否则鱼从哪里来呢
因为鱼还没长到生子，就都触电身亡

昨夜，老三被月亮咬了一口
月光缠住了他的手，差点被月亮拉进了河里
老三感觉昨夜的月亮像自己的老婆
老婆被洪水冲走了那么多年
难道又从清水里漂回来了
今天去河边考察情况，看河里是否有个窟窿
能从天外浮出月亮来。正要看个究竟
天突然下起了大雨，水面慢慢浮上来
河面变得浑浊，什么也看不清
老三又恨起那些小鱼仔来，昨晚一个也没捞着
趁着浑浊的水垂钓，正好可以对付这些鱼仔
老三，连忙跑回家，拿来渔具
十多根钓鱼竿甩放到了河面上
向鱼仔宣战
聪明与愚蠢在较量

老三，自从老婆被洪水卷走

就爱上了打鱼晒网

因为也许有机会把老婆打捞上来

他总觉得老婆就藏在水下某个地方

雨水在河面上凿开一个个伤口，又愈合一个个伤口

好像在模仿修补许多忧伤的事情

雨渐渐停下来，河面像一次刚敷过面膜的脸

空气中响起被苦涩噎着的声音，轻轻穿过树林

房屋和胸膛。老三的左手牵着秋风，右手握着寂寞

日渐坚硬的胡须，已经被水光磨得花白

咋一个鱼仔也没有上钩，气死人吗

也许此时，老三正是命运的丝线勾着的一个鱼饵

被老天垂钓在人间

所有的鱼仔隔着水，正远远地围着、望着他

都想把他一口吃掉

老三又一次一无所获

收起钓竿，把弯弓的身体慢慢拉直

站起来，望望天，一声叹息滴落河面

老三想，过去老婆在时，河里怎么那么多鱼
网一撒下去，一顿饭工夫，一捞就是几十斤
老婆一走，鱼都哪里去了呢

老三深切地怀念老婆
山，总在远方酝酿风雨
这场雨从远方而来，携带久远的疼痛
那么缠绵，淋湿了一地思念
送走黄昏，迎来灯火独自感伤
一只鸟背对残菊
一边瞭望从前，一边陷入某种沉默
老三没有什么文化
无以用最美的文字去装饰此情此景
表达心中的惆怅
对未来感到苍白无力
就像田野中来不及收割的稻谷
呼吸濒临窒息

枯叶满地，老三踩进一个季节的端口

发觉眼里的世界越来越生疏

曾经的温暖吐出莫名的滋味

一种担忧，就像秋叶

蓄满了时间，但只能带着空洞飘落

老三回到家里，用一碗酒，喂养自己的身体

然后以草的方式，吸饮甘露

完成自己的一生

2017 年 3 月 29 日

光棍老二是五保户

夕阳斜射下来
把村庄染红
鹅卵石铺成的小路
像金元宝在发光

原来光棍老二刚从公社领回救济粮
公社领导还发给了他一块肉
他到大队部代销店卖了祖传的铜锁
打了一瓶酒，买了一包纸包糖
哼着小调

蹦跳着走进村庄

生产队的一群孩子们
从村庄里里外外一同笑嘻嘻地围上来
叫嚷着抢糖吃
老二大声说：“孩子们不要抢，大家都有份。”

一闪，老二钻进了生产队刚给他修补好的小屋
夕阳划过山坳，点燃了灶火
夜色带着饭香、肉香与酒香
蔓延开来，覆盖了整个村庄

月光出来时，正好零点
村庄，一盏灯，亮了，又熄了
老二邀请了今天一同去公社领救济粮的寡妇
说半夜要一起讲故事

村庄的故事
在半夜总是很浪漫

2017 年 4 月 1 日

卖烧酒的王夫九

“卖烧酒啰，卖烧酒啰”
院子里一听到王夫九的吆喝
天空就亮了一下，奔出几个娃
举着酒壶喊
“我爷爷要买酒”“我爸爸要买酒”
“好，好”，一个个来
“快快买啊，快快买
买到后面，酒气冇得啰”

这烧酒是五谷杂粮的魂

是土地里的神

喝了这烧酒，立即来精神

一碗李白可以让你喝成酒仙

一碗杜甫可以让你喝成酒圣

一碗屈原可以让你喝尽长江水

王夫九也是快喝成一个人物的人

他每天从不吃饭，只喝酒

酒卖到哪就喝到哪

缸中酒没了，就担着两个空酒缸赶回家

把酒舀满酒缸，又赶往张家村李家庄

哼着歌儿，摇摇晃晃走在田埂上

真是喝不完的酒，醉不死的王夫九

一天，王夫九，真喝醉了

一不小心摔在田埂上

酒缸了滚在田里

满田的稻禾在欢呼

这一次稻禾们不只是闻酒香了

完全可以痛痛快快地喝上一场了

正想喝
天，突然下起了大雨
王夫九仰天躺在水田边
张着口，低声咕哝着：好酒，好酒
喝着喝着，王夫九突然做起梦来
梦里，天像一个巨大的坟
把他罩着，罩得他憋不过气来
他拼命地拱，拱啊拱，终于把天拱翻了
翻过来的天
多像王夫九烤酒的天锅啊
王夫九在梦中甜甜地舔着酒
笑了

雨，终于停下来
这时，云破天开
太阳一出来，满脸醉得通红
看着王夫九，笑逐颜开
王夫九望着太阳，懵了好一阵才清醒
捏着耳朵在想，是不是太阳喝了自己的酒

王夫九家有一个老母，在家负责烤酒
王夫九只负责卖酒
一担酒就这样被太阳喝了，咋办呢
怎么回去向老母交差呢

王夫九踉踉跄跄地走在回家的路上
这时太阳在远山画了一个七彩的拱门
王夫九以为到了家门口
奔向前去
突然看到一个闪光的东西在路上
心想是否是月亮醉了掉下来了
王夫九马上放下一担空酒缸走上去
原来是一个姑娘躺在地上
他把姑娘抱到路边荒废的砖窑厂
守了半天姑娘也没醒
王夫九马上去翻看酒缸
幸好，有个缸子还残留有斤吧酒
捧着缸子贴近姑娘的嘴喂
姑娘的嘴巴立即动了动，喂了好一阵

至少喂进了二三两
直到星星赶着月亮出来
姑娘才抿着酒水醒来

王夫九听到姑娘的自言自语才知
原来是姑娘母亲去世了
出来找外出搞副业的父亲
一路劳顿，一路饥饿才昏迷不醒
此时脸蛋通红的姑娘
酒香混着她的体香在王夫九的鼻孔里四处乱窜
渐渐让他如入梦境
……

其实王夫九说得没错
这酒就是用谷物和水酿成的女子
民间的肤色，鹅黄温暖
谁一喝，都会酒意逢春摆荡

树木暗地里还在节外生枝

小溪还在暗地里细水长流

路远遁入夜色深处

尘嚣渐远

鸟儿叼着云朵在睡觉

落叶静躺在路边

黛峰绿崖，一块大石头

没人坐过，凉透了

王夫九背着姑娘在此坐了一下

又继续前行

一棵柿子树

看王夫九蹒跚而来，远远地

把一盏盏红灯笼

亮在家门口

王夫九终于把姑娘背到了家

这种雷阵雨，闪电

停歇过后

王夫九刚到了家里又在继续

一直持续到天明

王夫九后来对谁也没说
第二天，两人恋恋不舍，就像刘海告白了胡大姐
分开后，也不知姑娘去了何方
只是王夫九自此卖酒时，逢人就说，酒就是姑娘
酒像姑娘一样纯
酒像姑娘一样甜
酒像姑娘一样香

我多想在乡下
也经历一场酒的风暴与雷电
醉死月亮，醉死星星
赶在所有人面前，把梦中人
醉满菊香，飞满红晕，像待嫁的新娘
招来天仙，翻动四季的节气为她备轿化妆
请西山的红枫林为她吹拉弹唱
让万鸟飞满田垄
让所有的酒神欢聚一堂
共庆我也有个神仙姑娘

时间在示现一个定局，我们
早已知道，理想里的灰色，像抹布
抹去风流的历史，人物
以及辉煌的夜色
是的，慢悠悠地擦拭干净
可是，我觉得
我仍然低估了它的速度
像，永久捕捉不了。那闪电，疾驰的背影
雷雨再次掠过头顶
一群暗黑色的羔羊，拥挤在天空
诞生或死亡
速速腾空了，像乡野菁菁翠绿的画布
一切的繁衍，像风尘卷起的羊毛，随风而起
消逝在时间里，杳无音信

多少年过去，世态炎凉变换无数
据说王夫九老母亲一过世
王夫九就失踪了
听红星大队的老人说

他为了一个姑娘，去了广东
三十多年了，一直寻无踪影

腊月，又是一个腊月
每到腊月，家家户户都要烤烧酒等亲人回
尤其是除夕那夜
家家户户总要把烤好的烧酒从缸里一勺勺舀出
一家人围坐在灶火旁
一边大碗喝酒，一边大口吃肉
醇香会把一家人的欢乐熏成云彩
让各种妩媚和风情荡漾在酒窝，相映成喜乐
让醉了酥了的男人啊，惬意地嗅着泥土的芬芳
为了来年的希望，唱响古老豪迈的歌谣
唱出乡野的淳朴与逍遥

今夜，我又一次坐在家乡除夕的灶火旁
和亲人们一起烤酒、喝酒、吃肉
思绪万千
想乡下曾有多少神迷的故事围在灶火旁

烘干游子沾满泥巴的裤腿和衣裳
然后蒸煮发酵好的生活，烤出醇酿
让香喷喷的老烧酒从天锅上叮咚滴下
流成满屋呵呵的笑声与欢畅
我想着，吃着，喝着
喝着，吃着，想着
渐渐地，我已吃饱了逝去的岁月
喝醉了现在的时光

今夜我仿佛看到王夫九挑着酒缸
从田埂上向我走来
后面跟着他从广东追回的那个心爱的姑娘
他笑呵呵地唱着歌谣：
“兜子火，烤烧酒，做了皇帝
上了天堂，也不要忘了喝够
这迷死人香死人的好烧酒”

歌声漫过天空
覆盖了此时多梦的人间

2017年4月7日

第四部分

寻找光亮的女人

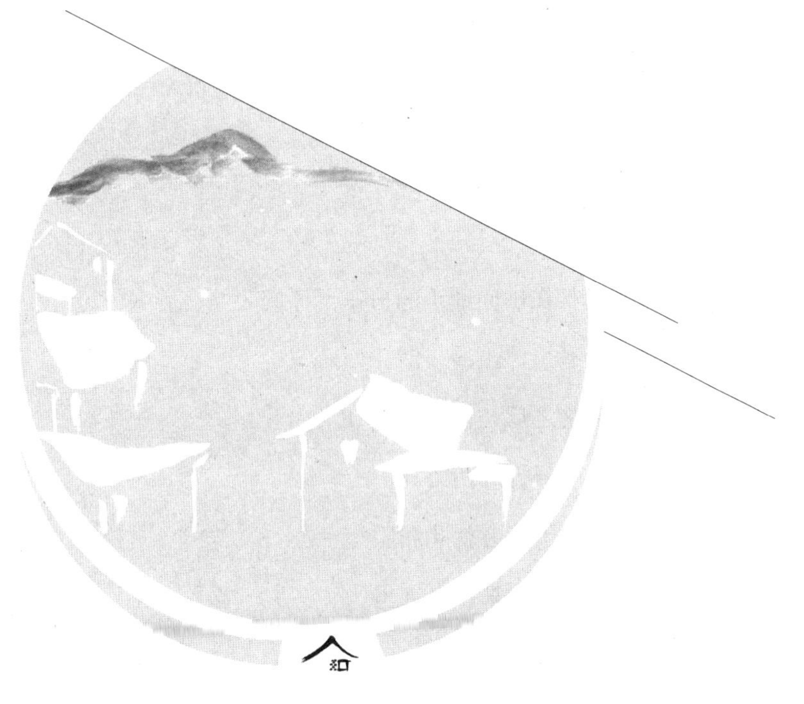

磨豆腐的二娘

二娘把长在田间地头的日子，掳回来
关进土砻里，土砻一磨牙
一阵痛楚之后，日子就破开了皮
一个日子开拆成两瓣
硬朗的日子不会就此屈服
二娘把它们囚禁在水缸里
满满的清水
逼着它们几个小时不能出气
使劲地泡啊泡

欺负二娘是女人，这些日子还硬撑着
二娘就召来一台石磨
二娘号令，摧毁它们的意志
蹂躏它们的肉体
二娘握住一只巻臂，碾出它们内心的疼
再放入开水里一泡，用滤布蒙住
剔出它们的骨头，审出它们的叛逆
这时日子会软下来。但它们的内心
和磨豆腐的二娘一样，还暗暗硬着哩

它们没了骨头，柔软如水
为了让日子改变一种活法
重新研磨一种新的骨质
注入它们的灵魂
让它们重新活过来，有柔有刚
嫩嫩的，像蘑菇
谁都想品尝
日子变得软和了
送上世人追求的美餐

磨豆腐是一个复杂的过程
中间融汴了庄稼人的许多智慧
小时我最喜欢看二娘磨豆腐
尤其是欣赏二娘推磨
把豆子磨成豆浆的过程
二娘一只手推着磨
另一只手舀着泡软的豆子
二娘的屁股拐过去半个圈，又翘过来半个圆
翘来拐去，像跳着摇滚舞

为了看二娘的摇滚屁股舞
宁愿呛着鼻子替二娘烧灶火打下手
二娘一股劲地磨，我笑眯眯地看
二娘时而回过头来朝我一笑
问我的灶火烧不烧得旺
有时我被呛得流鼻涕出眼泪
还在找空隙看二娘的屁股
有时被二娘一眼逮住了

我满脸通红

二娘不只是寒冬腊月磨过年豆腐
她还常年磨豆腐做买卖
为了一家人过好日子
深更半夜都在忙碌
咕隆隆！咕隆隆！把长夜碾碎成曙光
把星月和露水磨成豆浆
挥舞健壮有力的手臂
转动着湿漉漉的夜色

一粒粒破皮泡软泡涨的黄豆
跌落在旋转的磨眼
黑洞般灾难似的漩涡吞没了它们
尽管道路四通八达
但所有的道路近乎无路，出路窄小
破碎的豆子，跌跌撞撞
在炫耀着尖牙冷齿的磨缝间奔逃
生涩的豆浆潺潺淌出

流出一种对日子脱胎换骨的向往

二娘年复一年，日复一日
低调朴素，没有花腔
从不抱怨被日子驱赶的生活
金色的黄豆，孕育在田野
在风雨中歌唱呐喊着的黄豆
冰雹击过，雷电袭过，苦水里泡过
这光洁明亮阳光般的黄豆
二娘一样年轻美丽的黄豆
为了勇敢地生活下去，在磨盘里也要歌唱

数十年过去，磨盘仍然在响
尽管二娘已故，但我隐隐看到煤油灯下
二娘冬日里磨豆腐的身影
寒风拍打着涂纸的窗口
远远近近的狗吠
撕碎了飘雪的冬夜
磨豆腐的二娘，舀一勺泡软的黄豆

拢一拢额头汗湿的头发

腰板挺直，仪态端庄

灯花儿瑟瑟缩缩，金色的土屋，辉煌安详

这是梦中的失乐园

是一幅西欧印象派画作

二娘的身影，摇摇晃晃，缥缈怪异

是乡野画家笔下描摹的菩萨

咕隆隆！咕隆隆！

时光飞逝，磨盘飞转

一夜之间，磨盘老了，牙齿掉了

磨盘的皱纹

雕刻在时光的额头

成为一个符号

贴在岁月的荒芜里

2017 年 4 月 9 日

鱼塘与新媳妇

红星大队的鱼塘里
活着一垄的稻田
活着红星大队长高的日子
小时候，我喜欢和伙伴们钻进水里
光着屁股捉鱼，摸虾，调戏阳光
所以，我的童年鲜活得像一条鱼
腻滑而喜庆

红星大队的鱼塘
闹过水鬼，生吃过人

藏着许多清澈而又混沌的故事
一块捣衣石，一条飞跃的鲢鱼
一根魔术的水草，一只飞腾的蜻蜓
潜在时光里，暗藏着期待
探寻着美意，寻求着渴望

红星大队的新媳妇，在鱼塘边走动
喜欢那么羞涩地低首，然后以桃花的目光瞟着你
说话细声细气，令人不得不认真地倾听
生怕鱼塘照见了她们的内心
她们在鱼塘边做远行的布鞋，绣心中的思念
离开鱼塘就耕田耙地，上山下河
像疯一样的男人

红星大队的新媳妇是农家最美的风景
静时若止水，动时如飙风
那个在山冈上砍柴的女人，头戴草帽，腰系围裙
几乎每个下午，她都要握着镰刀去地里割草
去割开夕阳，放纵晚霞。然后挑着两捆柴

把幸福担回家，让贫寒取暖

当黄昏的手触摸红星大队新媳妇的脸蛋时
黄昏灿烂了一下，立即萎缩成暗疾
不正经的夜就要来临，树叶总是在暗处拍打夜色
拍打出朵朵火苗，奋力向上蹿，把夜色煮熟
给劳累充饥。应季而破的花蕾
隐约在暗里展开一些娇嫩，院子回到最原始的骚动

几声犬语，读懂了夜的深意
冲动，迅猛钻入夜的禁区。几段未知的细节
正产生酒的味道，有了醉意，就开始发烧
房屋里的灯也装醉，忽明忽暗。饥饿中望夫的女人
眯眼惺忪。仿佛精美浮动的尘埃，正在啃食春天的阳光
像一头猛牛，急舔着春天的青草

2017 年 4 月 11 日

捡破烂的三姊

捡破烂的人经常牵着一个蛇皮袋走街串巷
这个世界总有捡不完被遗落的梦想
生怕它们被时间漏掉，被时光抢走
从不放过每一个角落去寻找
累了，饮一口春风
渴了，喝一杯酷暑
饿了，烤两串寒冬
清晨，他们习惯把眼睛擦得铮亮
用来盛装那些污垢和灰尘
夜晚回来，找一个没人的地方

清洗

一天街上，我与一个捡破烂的人邂逅
开始听到一个人在叫我
叫的是我小名
我左顾右盼，四周扫了很久
捕捉不到人影
突然有人拉扯了一下我的衣裳
身边一个背着蛇皮袋子的老妪
吓我一跳
我瞅着她，她朝我笑
“勇古，咋胖了？”
“不认识我？我是你三婶。”

愣了好久
她的笑容终于荡出她从前的样子
哦，三婶
蛇皮袋子装满了珍贵的垃圾
手脚衣服都脏兮兮的

我急于有事赶路
从裤袋里掏出两百块钱，塞进她的衣袋里
我向她招招手
说："有空回老家看你。"
她站在那，仍然还在朝我笑

这时我在想，同一个日子
人与人，咋把日子过得区别那么大！？
一个像蜗牛，慢吞吞地拱在淤泥里
一个在天上飞，日行万里
一个用昏花的目光
死盯着眼前的一丝光亮
一个满眼黄金，还在拼命寻找金矿
一个在街角捡吃剩饭，舔舐残羹冷炙
一个在豪庭挥金如土

三婶，没有儿子，生到第三个女儿
丈夫就被命运掐死了，三个女儿都嫁了
一个比一个嫁得远，一个在邵东

一个在山东，一个在山西

后来我把遇上三婶的事说给我母亲

母亲说，三婶是一个苦命人

风湿病严重，双手都已变形，像畸形人

一只脚摔断过两次，靠阳光缝合长拢

现在靠捡破烂喂养日子

每想起捡垃圾的三婶

眼前就会浮现一个衣衫褴褛的老人

在恶臭的垃圾堆里翻动

翻动那些被人用破的幸福，放弃的温暖

在垃圾桶里探索

探索昨夜谁家不慎打落的爱情

磨磨蹭蹭，最后摸索出一些惊喜

当晚霞大片脱落，拎起一天的满意

抓起一袋子的希望，笑眯眯地消失在黄昏里

不用问其甘苦，更不用知其去向

2017 年 4 月 13 日

种桃树的七婶

七婶是少数民族
是从那雪峰山里嫁过来的
是七叔为生产队搞副业时，七婶追来的

七婶长得美，喜欢把自己打扮成一朵桃花
她在大队文艺宣传队里演过白毛女
演过《红灯记》里的李铁梅，还有《沙家浜》里的阿庆嫂

后来搞联产承包责任，包产到户，七叔干劲太足

在田里干活得罪了夏天的太阳，中暑死了
七婶一个人把儿女养大，并送他们都参加了工作

后来她觉得留给她的田，光种稻子有点余地
于是她栽种了一亩田的桃树苗
桃树一年年长大，很快长成了一片桃树林

花开的时候，很多陌生人跑来照相
偶尔，她也被拍进画面，一副夸张的表情
她一下成了红星村生态农业旅游开发形象代言人

但七婶七十多岁了，她尽可能地让自己漂亮
让更多的人来桃林与她一起欣赏桃花的美
享受春天带给人间的快乐

到了夏天，桃子熟了，她却舍不得摘取
只是慈祥地看着桃子纷纷坠落
桃花一样，慢慢消失在泥土里

去年，七婶还没等到桃花开就死了

儿女回来，把她就埋在桃林里

七婶，像一颗熟了的桃子，落在泥土里

现在大家总是看到，她在桃树林移动的背影

像一朵桃花提醒爱情

像一枚果子，挂在村里的天空

2017 年 4 月 17 日

留守的三嫂

三嫂一把一撂的功夫

在村里村外都叫得响亮

她玩弄太阳，戏耍星星

像月亮一样默默坚守自己的那块责任地

如今乡下很少有人种双季稻

三嫂也把季节精简，四季简为两季

时间到了七月，该收割的都赶紧收割了

城里打工的男人电话催得紧，村子越来越空

因为空，雨水多了，为进城团聚的妻儿老小

绵绵不断地缝补半年的思念
因为思念，夜色稠密
留下空荡的土地独自寂寥忧伤

如同候鸟，临近九月，一群群留守人口
又纷纷流回来，村子又慢慢活了
三嫂也领着孩子们回到了村里
炊烟如一匹尘色的布
慢慢从两个月相守的爱念中抽空
一只孤雁，不知从哪里赶回
羽毛凌乱，两只眼睛转动又圆又大的伤感
它满腹惆怅，修补荒废的巢
仿佛修补一座荒废的寺庙

落日，被秋风吹得通红
这时候，三嫂要去田地里
摘菜、锄草、施肥、浇水
晚霞渐渐送回鸟雀，时间像链子一样紧
三嫂匆匆跑到家，来不及停顿，又疲惫地

煮饭、喂鸡，给四嫂刚送来的瘫痪婆婆捶肩捏腿
接着为三个孩子洗澡、洗衣、哼童谣
直到深夜，她才敢把自己放到床上

夜在深处，三嫂开始裸在夜的深里
月光不声不响地漏下来
先为三嫂揉搓疼痛，再牵起她遥远的思念
有时惊恐那流浪的风儿乱敲门
有时害怕那鬼鬼祟祟的老鼠爬错了地方

梦，在心惊中
渐渐来临

2017 年 4 月 23 日

第五部分

月光下的走廊

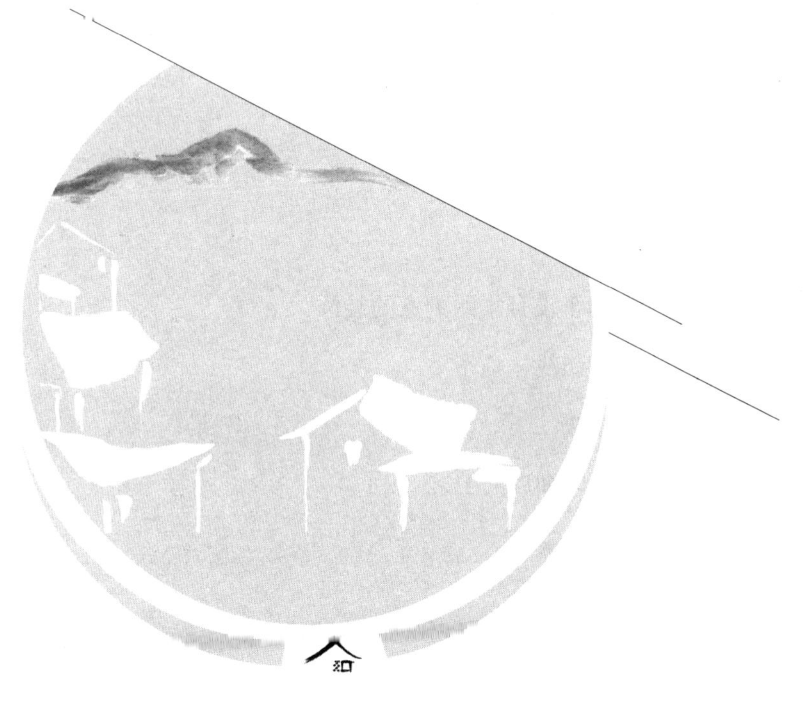

摇纺车的奶奶

一辆纺车没有华丽刻意的装饰
木板、纺线、锭子
一梭一梭
没有精雕细琢的工艺
人、手、眼神
一上一下
没有高速旋转的机芯
纺轮、手柄、棉条
一摇一转

奶奶摇着纺车
把岁月从遥远处拉过来
纺成一个个日子交给她的子孙后代
防护寒冷，装点生活
把身边的时光放进去
纺成眼前的收获
实现一个家的愿景

奶奶的纺车是她的嫁妆
把在娘家生活的根基移栽到爷爷的世界里
奶奶一天天把爷爷的爱抽出来
一丝一丝，一点点
纺成儿孙的温暖
爷爷的幸福

爷爷过去是一个挑夫
常年在湘黔古道上行走
追太阳，挑星星，担月亮
把时光换成了金子，换成了元宝

换成了柴米油盐
换成了一家人的温饱和安定

奶奶坐在门槛上，摇着纺车
望着爷爷离乡的背影
把细细绵绵的思念拧牢，纺紧
纺成一个牢靠的心愿
纺车嗷嗷叫，把奶奶的姿态变成一弯镰刀
奶奶牵动着长长的相思
割也割不断
纺车拼命地在转动
奶奶的思绪飘成了满天的月光

无论是风霜雪雨，还是风和日丽
奶奶都不忘初心，牢牢把握家的轴心
摇着岁月的手柄，打开生活的圆圈
摇着星月旋转，让季节轮转
摇转日升与日落
守着一颗心的期待和憧憬

日复一日，年复一年
摇去了时间
摇老了奶奶，摇花了眼光

奶奶的纺线放不开长远
摇累了爷爷，爷爷的脚腿已无法走向远方
爷爷只好待在奶奶的身边
爷爷天天守着奶奶转
爷爷变成了奶奶的另一辆纺车
奶奶把老了的时间
纺成了自己的满头白发
把爷爷一生的爱
纺成了相守一生的缠绵

奶奶的手纺不动了
爷爷就痴呆了
奶奶摇纺车的姿势
定格在历史的时空里

爷爷成为最后一辆奶奶用过的纺车
摆放在我们追求爱的生活里

现在，爷爷奶奶已离我们远去
他们相望在历史的天空
像星星，你望着我，我望着你
奶奶仍把爷爷当一辆纺车
用爱与思念纺织着我们未来的时光

2017 年 4 月 27 日

爱唱歌的金小菊

金小菊，我的发小
是红星大队的民间歌手
人称会唱歌的野菊花
那时没有《星光大道》，也没有《越战越勇》
田间山头
到处是她可以唱歌的舞台
白天太阳是个金话筒
树木花草和满田垄的庄稼
都在乐滋滋地听她的歌声
晚上月亮是个银话筒

满天星星和夜虫
都是她的粉丝

金小菊的歌硬是唱得好
胜过知了和小鸟
大家都说她是蝈蝈和蟋蟀转世
她的高音是模仿雄鸡报晓练成的
比韩红的《青藏高原》高音还高
她一唱歌，生产队长的出工哨子就响了
金小菊唱的不是广播里播放的“东方红，太阳升”
而是当时的电影插曲
每到社员们做工累了歇息时
大家总要鼓掌，大声吆喝要金小菊来一段
金小菊毫不客气地唱起来
有时模仿李铁梅、白毛女与韩英
有时模仿江姐、胡大姐与刘三姐
乐得大家合不拢嘴，乐得白云在发呆
乐得鸟儿纷纷飞过来

金小菊是一个孝顺的孩子
小时羞羞答答不爱说话
她九岁那年父亲修水库挖土，山体崩下来
顷刻间被土石掩埋
等人家刨开土，抢出来的已是一具尸体
从此，母亲经常偷偷以泪洗面
金小菊也变了一个人
不再羞羞答答，老爱唱歌
她 12 岁那年生产队推荐她读初中，她不同意
她流着泪央求队长给她评工分，她要参加劳动挣工分
说过两年可以推荐她弟弟去读初中
队长差点也掉下泪，同意了她的请求

每到晚上金小菊总是陪在母亲身边
一边唱歌，一边替母亲做家务
煤油灯，光焰如豆，燃不尽那漫漫长夜
用歌声扫除一个家的风雨飘摇与黑暗的重压
微弱的灯火，温暖着一个家冰冻的岁月
爷爷劣质旱烟熏出的咳嗽声

震颤着弱小的灯火在瑟瑟发抖
母亲飞针走线，缝制着季节，缝补破碎的日子
一股股风，从窗口吹入，灯光忽明忽暗
照着弟弟课本里的天空、原野、山峦和小河
歌声为寂寥的夜晚展开一个舒心的空间
为村庄驰骋一个广阔的梦境
歌声扶着摇晃的灯火，璀璨着对未来的向往
光明，唯有在苦难中的光明才不会陨落

金小菊在一种光明的弱弱引导里
渐渐长大，出落成一个美人胚子
每到水稻成熟时节
生产队长总喜欢安排她赶麻雀
她手握一根竹竿在挥舞，麻雀不敢着落
麻雀在空中飞呀飞，她在田埂上追呀追
嘴里不断飞出歌儿，那形态就像七仙女舞着彩练
笑傻了太阳，乐欢了云彩
队里的小伙子个个心旌摇荡
一天夜里，金小菊割猪草回来的路上

生产队长的儿子拦住她，动手动脚
金小菊大喊："大家来抓莫老爷啦！
莫老爷抢亲啦！"
接着高唱刘三姐的歌
"嗨唉……什么鬼在做什么嘞？"
结果队里的社员都纷纷赶来了
那小子却早已逃之夭夭

她这种烈性，谁也不要妄想
本来早已动了念头的队长
也不再敢胡思乱想
金小菊十七岁那年被县花鼓剧团看上了
进了剧团吃了公家粮
生产队一下好像失去了什么重要的东西
无法找回
社员们心里空落落的
要想看到她或听她唱歌
要等到县花鼓剧团来下乡演出
等待是一种美好的痛苦

是一种隐藏痛苦的美好
谁能够长期坚守期盼下去呢

过了两年，她又被招进了部队文工团
社员们高兴之后，更多的是感伤
我作为她的发小
也曾有过和她隐瞒父母偷偷的情事
我不想她变成金凤凰
只想她就是会唱歌的野菊花
能在温柔的月光下，用一种乡情温暖我
然后在遥远的记忆里
让满山的野菊花把时间定格
停留在那美丽的、她赐予我的童话岁月
为我给她的纸风车
为我的金黄的咧着嘴的野菊花
为我为她穿的新衣裳和我的地里干渴的午休
还有我为她扎过的蝴蝶花，我在黑夜默念她的心
以及无数次的梦里的依恋，一起成为永恒

往事，像躲在墙角的蛐蛐，小声而固执地呜咽着
还有那次难舍的离别
让离去的岁月变得很长很长
最后还是让我做个安心的梦吧，不要叫醒我
我要温柔地走进她，又绯红着脸走回来
不要拉开我，我要静静地靠在她的身旁
即使已再不会有安然的时光
想紧握着她的手，一起看高飞的燕
那湛蓝的天空，曾是我们憧憬的好时光
想我们背靠着背
一起思念着那些纯真的日子
一起扯猪草、放牛、赶鸭
还有一起歇息的那片时常出现在梦里的竹林
依然懵懂葱翠

伞样的梦，像蒲公英一般飞逝
雪峰山连绵不绝
看到她的背影，依稀如梦
时间模糊了她的面容

枯萎了那片梦里的野菊花

让我和星星一起去找她吧

当我在黄昏里找到她

她会从逝去的残霞里看到我

看到曾经的我，为会唱歌的野菊花

日夜祈祷，祝她永远安详

2017 年 5 月 1 日

可怜的八妹才十八岁

都说八妹是苦楝树花
她咋就苦了呢
八妹，十八岁那年
突然遭遇一场奇怪的病
病，像地震，像暴雨
来得很奇特，很迅猛
她无法逃脱
躺进了医院

八妹被推荐去工农兵大学的录取通知书

刚到了生产队长手里
从病情看，是不可能按时去报名了
父母急啊，大队书记更急得脑门上冒火
眼看大队、生产队苦心栽培的希望就要泡汤
病从上下左右产生压迫
产生窒息的痛
让每一秒都临近深渊
说病是骨头里出来的
已扩散到各个器官，折磨这些器官
摧毁这些器官，掠夺她的生命

八妹神志昏迷
生命空虚地白，白得虚空
需要换血杀敌人，捍卫生命养精神
还能换骨髓吗？重建生命的国防部
这已成天方夜谭的事
老贫下中农的父母，掏空了星月
眼泪已枯，冲洗不出泥沙淹没的光亮
想过去把所有的期盼与等待

都放到了八妹的出息上
瞬间被恐惧围剿

正值苦楝树花开的时节
八妹心里那个很大很大的理想
才刚刚发芽，就被暴风骤雨摧折
这是命吗？八妹不认命
她说：不怕，挺住
一定要站着挺直身子走进大学的门
就是到了那边，也要读一回大学
让自己开一次花
即使根苦、干苦、叶子苦
花总是香的、美的
让苦苦的父母能最后闻到自己的花香
看到笑得美美的自己

2017 年 5 月 8 日

三伯爱孙女

前面荷塘边的马路上，蹲着个小女孩
她是三伯的孙女，十二三岁
儿子媳妇在外打工
爷俩相依为命
她穿一件有点偏大的红衣裳
如一朵正在开放的莲花
她的前面铺着一张旧塑料纸
摆满了莲蓬，还有水珠在蠕动

小女孩用一双又大又亮的眼睛

望着来来往往观荷的行人
几分期待，几分焦虑
不知不觉中，行人逐渐稀少
日头升得老高
豆大的汗水从她的脸颊上滚落
一下子溅湿了阳光
砸痛了一只偷食的蚂蚁

孙女乖，一到星期天就帮爷爷干农活
三伯看在眼里，疼在心里
三伯曾是红星大队的基干民兵
舞枪弄刀是他的拿手好戏
从明日起，三伯要独自一人用砍刀砍茅草
砍掉村庄蔓延的荒凉。用镰刀割稻子
割亮田野的黎明，割下菊花味道的黄昏
三伯还要用心收获田地里遗漏的快乐碎片
再揉成一团，搁进秋天的箩筐
去镇上换回孙女的开心

月亮已爬上村口前的山坳

三伯开始磨刀

蘸水，试刀；试刀，蘸水

偶尔喉管发出几声低吼

他不停地磨，不停地磨，磨

磨去了岁月的锈迹，磨去了那些

沉闷和混沌，磨去了那些昔日析出的痛苦

一直磨到星星掉到树杈

射出刀一样的光芒

2017 年 5 月 10 日

残疾了的老四

老四，我的童年哥们
当年生产队里是把干农活的好手
改革开放后就去了广东
一直没回过家
听说老四这次要回来了
他的爹娘靠在老屋的门口
望了很久
他爹耐不住，又走进田垄
在两亩瘦田里，摸东摸西
走了一阵子，内心空落落
冒出几许荒凉

老四这一次从深圳回来
可能再也回不去了
下海多年，多年不回家
转眼，快到年末
可是他的右胳膊在前一个月弄丢了
这次不再有理由不回来
告诉爹娘今晚天黑前一定赶到家
一路从深圳颠簸而回
袖子空荡荡
灌满了冰冷的风，摇晃着悲伤

回到家里，正好晚上 10 点
一进屋，娘一把就把儿子抱住
哭声惊动了满村的夜色
爹在安慰，只要人回来了就好
少了右胳膊，还有左胳膊
爹越是这么说，娘的哭声越是急越是紧
爹，也咽噎流泪
整个村子也开始摇晃

跟随颤抖的黑夜，跌入残缺的乡土情结
哭声渐止，四周深不可测
夜，突然一片空寂

春节好是热闹
人流车流候鸟一样迁徙
从四面八方回到自己的老窝
挣足了钱，就把老窝翻新窝
新窝全都是广式楼房
老四少了胳膊，钱不少，厂里赔了 30 万
过去的积蓄加现在的 30 万
足够盖一栋小洋楼
老四计划过了春节就动工
把失去的一只胳膊
栽种在老屋的地基上
让一生奋斗与追求的所获
按照梦的设想
稳稳地立在自己的土地上

2015 年 5 月 15 日

阿成也是诗人

阿成是我的童年铁杆玩伴

早年跟我一起写歪诗

他妈总是骂他拿着笔趴在桌上流尸水

什么活也不干，想做神仙啊

初中冇毕业，能写出啥屁臭呢

阿成，撇着嘴，忍着怒火

有一天，阿成把诗稿堆在祖先的坟地里

点火，诵读，焚烧，与一首首诗作别

然后头也不回，扬长而去

去了广东

据说近几年去了马来西亚
搞“一带一路”，把村里的劳动力
全空运走了

一晃，40 年过去
我还在和缪斯女神厮守，纠结
缠绵，难舍难分。不知今夕是何年
昨天突然接到阿成的电话
告诉我要回来办三件事
一是给自己盖一座小别墅，给自己养老
二是另盖一所养老院，给父老乡亲养老
三是给我搞一场诗歌音乐朗诵会
听到第三，我不好作声
感觉诗人原来像孤寡老人
不知道是要继续苟且
还是要辞世重生

2017 年 5 月 18 日

第六部分

泥土上跃动的光芒

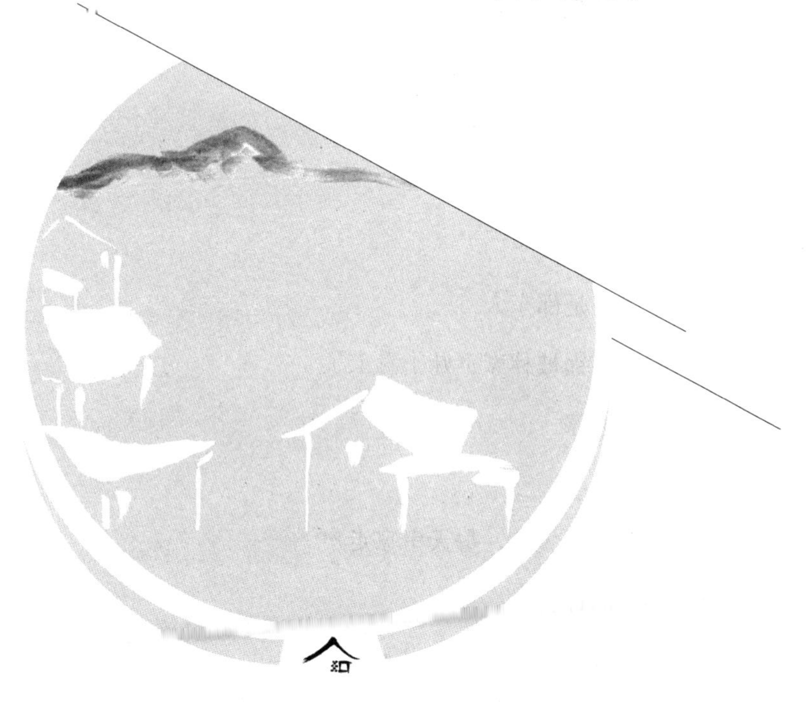

补锅匠老姚

老姚，是邵东人
因为补锅被林家三妹子看上了
入赘林家

他在红星大队，每天串家走户
寻找活计
乡里乡亲风风雨雨过日子
日子哪有不磨损
生活怎会不锈蚀出漏洞
缝补生活的大洞小孔

是他的责任

一手拉着风箱
把清冷的光阴一丝一丝推进去
再从心底吐出一炉火焰
一手把握炉里碎铁的火头
当拇指大的碎铁红成一团柔软的豆火
他像用棉布卷甩一把鼻涕一样贴上去
靠紧钻子，堵住了漏口
再手握着垫子一按压
吐把口水，一磨搓
舀一瓢水倒进去，翻开锅底瞧瞧
不浸水了，就好啦

多年来
他用一颗颗烧红的心
填补生活的每一个漏洞
疤口的指纹都是他技艺合格的印证
四野八乡，都有他吐出的口水

别人家的生活通过他的口水
在一秒钟高温下冒烟的煅烧
就立即密不透风
蒸煮一个个香甜的日子

当最后剩下的他那一口铁液已完
他打起炉子和风箱，挺挺身子
踉踉跄跄地走到了田间小路上
一张破油纸伞，被吹得嗖嗖响
直到虚渺的影子
移到了下一个生产队的院落

我们每天都在修补生活
生活这口大锅
它的胃口比谁都要大
可以装下我们的一生
生活离不开柴米油盐
柴米油盐也离不开生活
生活知道每个人品尝的酸甜苦辣

然而，生活翻炒过度

锅就会破

想要继续生活，就得补锅

可是，这种手艺

不是每个人都能很好地掌握

补锅匠老姚活到九十高龄

他对人常说

补好了别人的生活

自己的生活自然也补好了

他用自己的手艺，度过了他最完美的一生

只是，他出殡那天，风水先生没看准时辰

天，漏了

棺木绳索勒得太紧

他无力翻开棺盖去把人漏补上

也许正是他知道天常漏雨

他听上帝的召唤，去了天堂

2017 年 5 月 21 日

泥水匠雷谷子

雷谷子是红星大队最出名的泥水匠
他挥动的瓦刀砌出的墙线
角出的墙角无人能比
不用掉线，墙照样垂直地面

只要把软的硬的日子和匀
砌起墙来
就得心应手
一堵墙，以他的速度和技术
会攒下许多日月和星星

有他在，砌一座房子可攒下一个月的时间
还能攒下许多砖
或者几袋水泥
或一车沙子

他除了会用攒下的日月和星星砌墙
还会把砌好的墙当靠背
然后垫上一把稻草靠在墙上午休
梦里想想在生产队挣工分的老婆
是否散工回家给一群孩子煮饭了
卧病在床的老娘
是否听赤脚医生的话
药到病除了

所有的泥水匠其实都是诗人
像雷谷子绝对是一位优秀的诗人
只是人们没看透彻这一点儿
他们用瓦刀作笔
用混凝土做铺垫

把一块块砖头，当成中国汉字
分行垒砌，细腻工整
让每个棱角分明的汉字
激情飞扬，韵味十足
一座座房子
就是一本本出版成册的好诗集
传承人类文明
带给他人心灵归宿与温暖

可如今的泥水匠，不仅只是诗人
更是大作家，创作的大手笔
改革开放三四十年
雷谷子走了十几座大城市
那些高耸云天的大部头作品
都是他和战友们一起创作的巨著
那些最重要的章节
都是他亲手把关遣词造句定稿

今天，雷谷子和一群年轻的战友们

大多数是他的徒弟
要在十楼顶棚上展示才艺
公司老板要检验他们各自的看家本领
因为城市高楼的扎钢筋技术至关重要
特邀夏日的阳光
和一些冷嘲热讽的风，光临观赏
他知道，今天汗水要在他的脸上
蒸出夏日的光彩
他知道，盛夏的酷暑不会对生活的强者
手下留情。城市街道两旁树上的知了
已在歇斯底里地高歌与呐喊
助威并欢呼他们的盛情演出

一只鸟，是不请自来的旁观者
也许它正来自乡下
站在隔壁的四楼眺望风景
不敢惊扰那些才艺展示的精彩气氛
突然，听到一声嘶喊与惨叫
从高空掉落下来

一个人影，像一只鸟
飞落，坠入半空
又被安全网弹起，挂在了钢叉上
一只鸟，看到这情景，惊恐地飞了
不见踪影

这意外的残局让天空立即灰暗
一场雷鸣隆隆的大雨倾泻而下
天，马上就要塌下来
城市立即坠入恐怖的深渊
一位伟大的诗人
还没有完成他的又一部诗稿
就陨落了
把一部大部头初稿
不负责任地就移交给了
他的战友们

雷谷子用瓦刀的光芒
激光照排

已印刷出了自己无数不朽的著作

他用农村一个最朴实男人的智慧与骨骼

和他的无数战友们一起

撑起了一座座城市的风采

来不及多看一眼这美丽的城市

家乡的故土已在召唤

召唤一个魂魄的归来

故土需要把它轻轻掩埋

2017年5月23日

入殓师癞八爷

八爷是个癞子，九爷是个智障

两人是对双胞胎

一生下后不久就父母双亡

由地主婆兰翠花养大

解放后，地主被打倒了

两兄弟从地主婆家解放出来相依为命

八爷觉得入殓师是一个能讨饭吃的活

向入殓师九公公拜师

后来顺理成章接了九公公的班，成了正宗的入殓师

入殓师，吃百家饭，穿衣不用愁
能不断穿死人穿过的衣服
八爷的特异功能就是耳朵特灵
他能听到死神的脚步声
判断死神行走的方向
当他突然自言自语：“不好！”
远处，就有一阵阵撕心裂肺的哭喊声传来
立即就有鞭炮声传来
宣告一个人彻底放弃了对尘世的念想

死人是常有的事
方圆几十里死了人入殓的事都归八爷管
不用请，他自然会上门
人一旦死了
在他眼里就没有男女没有年龄大小
更没有贵贱之分
都一视同仁
一丝不苟，为死者梳洗净身，化妆整容
心中默默为死者祈祷，期望死者一路走好

一天，地主婆突然不声不响就走了
地主婆年轻时是一个美人胚子
嫁过国民党军官，后逃回来嫁给了地主汤四爷
汤四爷土改时被枪毙了
八爷寄养在地主婆家多年，等于是她的半个儿子
为地主婆打长工，看养自己弟弟老九
八爷其实很喜欢地主婆。心存的念想
只是压在心底，久了，都慢慢腐烂掉了

地主婆一落气，八爷心一惊，第一个就感觉到了
八爷走到山上，采摘了一捆野花
来到地主婆的门前，站了很久，似在默念什么
也许是说出心中从未敢说出的话
然后轻轻推门而入
地主婆在他面前打盹的样子，睡得很美
八爷把花放在地主婆胸前
然后跪地叩头朝拜，泪流满面
哭声惊动了整个村庄

这时大家才都知道地主婆死了

八爷抚摸地主婆的脸好一阵
再静下来抹去自己的眼泪，进入一种静默的模式
过了一个时辰，八爷才开始给地主婆宽衣洗浴
然后整容化妆，足足三个时辰
八爷凝视着妆后的地主婆
仿佛看到萎谢的精灵开始轮回，重新表达爱恨
皈依一种信仰，精神和肉体同在
荣耀还是卑微，最终都能够理解道别的光影

八爷终于走了出来，神志恍惚，这时太阳已下山
八爷深情回眸，一刹那的转身
永远铭记，那仙女样的形体，美丽妆容
亲吻或感激，一切都难以言说
人无论是夭折还是寿老，亲近还是生疏
所有的恩怨爱恨在那一刻都化作宁静的祈祷
安息，属于每一个人
给予尊严，洁净了灵魂和身体

地主婆妆后的神情庄严而神圣
定格成一座不朽的雕塑

后面跟进去一群流泪的女人与地主婆见最后一面
地主婆胸前放着一束花，手里紧握着一枚鹅卵石
那鹅卵石是小时候八爷捡回来给地主婆玩的
留下一生的惦念抑或怨悔和心愿
破败的小木屋里冰冷的空气凝结了所有的温度
乡亲们的泪水如朵朵盛开的莲花
于无声处，融入温情的河流
面对静止的时间和空气，此时的霞光
似在弹奏一首凄美的催眠曲
引领睡去的灵魂，在通往天堂的路上
不带走一丝尘埃

八爷仍旧站在那门口
等待一群劳动力的到来
为地主婆做最后的盛殓
他像一个忠诚的守卫

看着逝者的尊严在天堂门口
最后如鲜花绽放
面对孤独的夕阳和即将从夜色中赶来的星月
八爷要引领地主婆找到那条亡灵超度的小路

地主婆盛殓入棺后，夜已深
八爷独自走在田埂上
仿佛在寻找一颗失落的星
孤独沾满月光的温暖
将杂草踩于脚下，用坦然与淡定种满鲜花
为逝者书写人生后花园的从容
命运就是一道简单的数学题
在对生命死亡的敬畏之后，优雅而清晰

2017 年 5 月 27 日

大爷是个放水员

放水员大爷喜欢戴着蓑衣斗笠

坐在田埂上

把三月与村庄坐成谚语

塑一个思想者的形象

掐算日子，把季节安排妥当

喜欢在清冷的夜晚，捕捉春天暗动的翅膀

用月光割下露草，喂养星星

喜欢在惊蛰时制造几场晴雨

惊动蛙声，泄露季节的秘密

喜欢五谷六畜随心所欲地生长

不拥挤不声张不争风吃醋

在自己的时令里

顺应天命

清明，到了草木相认的季节

水里的月亮越煮越圆

远去的祖先，像昔日割走的稻禾

闪烁在若隐若现的时空

我们需要走近朝拜

大爷立于田间

如同一棵接管季节的麦子

微不足道，又必不可少

只希望每天被太阳照耀

被阳光宠爱，被风扶着

向土地致敬

向大地跪表虔诚

田野，麦子走了，稻禾走来

日子，开始放慢脚步

大爷扛着锄头
从青绿的稻田转一圈回来
蹲在房屋的一角
看一只蜗牛，禅坐于阴湿处
产卵、食菜叶、播放低沉的音符
背负经书，缓慢地向上爬，向下爬
黏液的痕迹，如一条条白色的隐痛
悬挂于空
最终返回自己

世界上许多生命都很微小
像一只蜗牛，彻底的身无长物
只要一个壳，就能收拢乾坤
打开，又是下一个季节
乘上新燕的翅膀
飞入燥热的世界
大爷也是这微小生命的一分子
他也要向季节深处进拔
季节安详的声音淋湿了乡间

淋湿了爷爷的脚步
季节暗藏机密，避开大爷
循序渐进

暑气袭来，熏干了田垄
一个个太阳把镰刀煅得白亮
钢口扫去了所有的稻禾
那些被禾苗带走的光
现在纷纷从黄瓜、葫芦、栀子花中间挤出来
沿着村庄的身体奔跑
人世辽阔而狭窄
疲惫的大爷靠着草垛
自己被自己所迷惑
他一边打量天空的脸
一边用沉默打扮成果实的模样
看自己是不是季节浸出的真正的果

季节冗长，岁月艰辛
一砍一季节，一节一岁月

爬一坎，拔一节

生命在耗损

大爷从桃花、梨花、油菜花、麦花、稻花香中挺过来

闻不到菊香就倒下了

倒在田垄上的一个土堆上

正如在上苍的眼里

我们无非是偶然地存活

有与没有，都要交给尘土

没有与有，都要化作灰烬

漆匠三哥

三哥家里穷得叮当响
三十岁也没个姑娘看上
三哥决心要改变自己的现状
他思来想去，决定学漆匠
有了一门手艺就不怕别人看不起
就不怕姑娘找不上门
于是三哥拜六爷为师
开始了漆匠的生涯

世界上桃花运也许是假的

关键还是怎么就能中桃花运呢

一次，三哥跟着六爷在一家做漆工活

那家姑娘在剁猪草，一不小心把手剁了一个口

哇哇，走到三哥身边

要三哥包扎伤口，三哥很尴尬，手足无措

三哥凭着小时候的经验，找把蜘蛛网，捋一捋

给姑娘贴上，灵了，止血了

自此，三哥就被那家姑娘瞄上了

那姑娘喜欢三哥功夫细

喜欢漆的鸳鸯戏水画儿美

喜欢三哥说话腼腆人儿长得帅

生活本身总缺少色彩

人生的颜色有时很单调

需要虚假的涂抹

更需要真实的点缀

填补我们惬意的缺失与丰富中的遗漏

那姑娘正好在相互的缺失中找到了一种互补

漆，来自生命最稠密的爱
注入了最黏人的情感
刀，划开不忍心的伤口，流出这种黏稠的血液
是为了填充一种大爱失血后的苍白
使之注入生命新的活力，去经受风雨的剥蚀
漆匠三哥，他最懂漆的心
师从六爷学到了漆工的精髓
他总是不忘初心，一心行好技艺
年年月月，给门窗化妆，给家具穿衣
让苍白的思想活化出来
显露一种灵动的美

三哥，高小文化
可是和漆混在一起
一下变得聪慧灵动了
做漆匠还没三年，就和那姑娘结婚了
六爷很开心，也很疑惑
怎么这小子长进这么神速呢

木匠是乡下匠艺师傅中的老大
漆匠一般跟着木匠走
哪家起新屋做门窗，哪家嫁女做嫁妆
哪家收媳妇做婚床，都是木匠师傅打头阵
然后漆匠师傅跟过来
充当美容师
漆工一到场
木匠做过的活就栩栩如生
都变得漂漂亮亮起来

三哥尽管不知天下有多少名匠异士
更不知有个大漆匠叫齐白石
但他也学会了把树木花草、飞禽走兽
弄上门窗家具
让我们从家具上看到麻雀在田垄捡食草籽
一群鸟儿旭日中飞行在空落落的大街上
让贼眉鼠眼的老鼠在意境里爬动
让季节中转换的风吹送着片片枯叶
飘散在秋后的山径小道

看牧童坐在牛背上吹奏竹笛，牛尾腾空而摆
牛头回望着村东头那杆子上的酒旗

漆匠总是带着颜色出发
去构筑人们对生活色彩与情趣的选择
赤橙黄绿青蓝紫，浓或淡
淡妆浓抹总相宜
全看雇请主人的欣赏心理与欣赏水平
三哥从田埂上走过了三十年寒暑
刷新了三十年岁月与风雨
青春已褪，再也拿不出像样的颜色与生动
去更改如期而来的新生活

三哥牵着妻子的手已进城几年了
整天围着孙子忙活或打闹
周末偶尔闲着在公园里转悠
美丽的新房，美丽的家具与门窗
美丽的城市都刷得那么漂亮
比自己的漆工手艺好多了

再好的手艺，再高超的想象力

也无法用自己的漆工把这种美刷上去

唯有自己的妻子，黏着自己一生

刷美了自己最美的人生

自己当不了一辈子的漆匠

妻子却是漆了自己一辈子的漆匠

2017 年 5 月 9 日

第七部分

红星灿烂

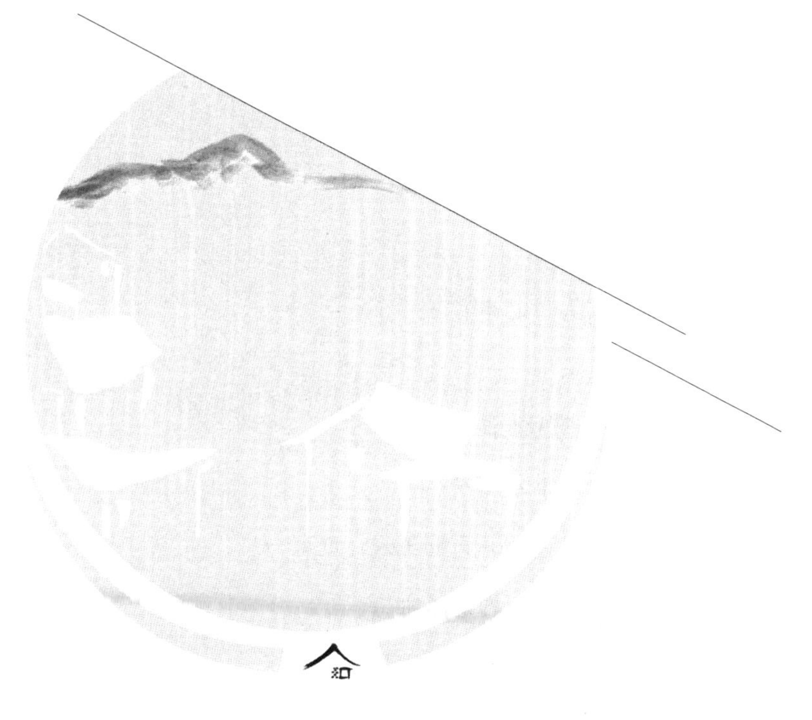

大队书记林宇杰

红星大队书记林宇杰

是我父亲

一生下来就体弱多病

走日本那年才九岁

身患支气管炎，病重在床，奄奄一息

大家都跑了，为了活命

奶奶流着泪也不得不抛开他

留下他一个人躺在阁楼上

日本兵来了，到处翻箱倒柜

什么也没找着，爬上阁楼看到躺着一动不动的娃娃

用枪托砸了几下他的胸部
就“叽叽哇哇”地走了

这一砸，父亲奇迹般活过来了
奶奶说，父亲的命是捡回的
解放后，父亲上了小学
由于有点墨水
几年后合作化
他当上了大队部秘书
后来有了人民公社
父亲就被任命为大队书记

当了大队书记就是党的基层干部
党员干部做什么都要走在前面，要带头苦干
毛主席教导我们说
“抓革命，促生产
农业学大寨，工业学大庆。”
风里来雨里去，春天他站在大队部的高地上
召集大队所有社员开春耕生产动员会

夏天带头赶着季节闹双抢
早稻不过“五一”，晚稻不过“八一”
秋天开展大积肥运动
刨光了山地上的草和皮
以及各家各户堂屋里的千脚土
冬天发动人海战术开山造坝修水库
各生产队人潮涌动，男的拉车，女的扛锄
锄头扁担簸箕板车人山人海，像蚂蚁在搬家

农闲时，一方面要上传大队生产情况
另一方面要下达中央的最新文件与最高指示
落实招工招干当兵上交公粮指标
东家相骂西家打架，他都要奔去平息
经常与星星相伴，陪月亮赶路
一旦遇上干旱年月
相邻生产队总要为放水开战
月光下，他只身守护水坝
左边开放一小时，右边开放一小时
谁也不准再闹事

谁要再闹事，基干民兵给我捆绑到大队部
明天送公社开批斗会

那是一个雷厉风行的时代
他除了处理生产大队的大小事
还要回本生产队参加集体劳动
不管生产队长在不在
他总是主动带头在南山地里“翻大饼”
在西边田头种玉米
他总是第一个在地头里当标杆
他总是带头上山下河做点将的人
一群“工蚁”在他的带领下
也顾不得腰带的松紧
生产队长喊一声：下工了
散去的笑骂声总被他
最后一个驱赶

季节在轮转
一种颜色必将取代另一种颜色

每到颗粒归仓，田鼠就在做越冬的准备
随风飘落，那是叶子的宿命
父亲追求蝴蝶的姿势
翩翩然，飘飘然，飞度在每一个他管辖的村庄
但清霜薄凉，总有许多没有钱换季的人
在秋里，恰似裸奔
用自己体内的热量抵御秋寒
还有冬里的风雪就要来临
覆盖秋收后的田野
父亲用一双冻得通红的脚
踩出一行行焦渴不安的诗句
等待着拿政府下拨的棉被
去为特困户播撒温暖

那是一个激情燃烧的岁月
父亲总是左一句毛主席语录
右一句毛主席教导我们
严格要求我们兄弟姐妹，在学校好好学习
在队里自觉参加生产队劳动

服从生产队长指挥，不乱来，不搞特殊化
一次，大哥为生产队扯牛草
在装牛草的簸箕底放了一块石头
记工员称秤时被人举报了
后来父亲知道了
大哥挨了父亲一顿毒打
赶出家门，一天不给饭吃

在安静的角落
我望着那棵挺直的苦楝树
默默地疼，默默地流泪
清苦、正直、勤劳、有责任、有担当
每一种生活的承受，都压不痛父亲的肩膀
每一条乡间小路，都浸泡着父亲的心血
父亲不会退缩，苦楝树挺且直
父亲的骨头，像苦楝树的身子
顶着重重的霜，迎上生活的风浪
用他温暖的爱，普洒红星大队的土地
不仅要撑起他的小家

养育我们四兄妹长大成人
还要撑起一个大家
撑起红星大队的星光和梦境

时光荏苒，日月如梭
红星大队书记，父亲一晃干了三十年
到了改革开放，联产承包时
父亲再也踩不出那热情似火的诗行
身体越来越吃不消
请求从大队书记位置上退了下来
他慢慢收藏起昔日的荣光
常常一个人蜷缩到已经撂荒的田角
如同一株辉煌之后的稻草
越来越枯瘦，越来越弯曲
为了一个家的成长与未来
用干瘪瘦弱的身体仍然坚持着劳作
劳累透支，加上支气管炎老疾再次加重
身体刚熬到五十就全线坍塌崩溃

父亲作为红星大队老书记

一生最高的荣耀就是到过毛主席家乡韶山

一生走过最远的路就是到大寨参观学习

1976年毛主席逝世时

我父亲怀抱毛主席遗像

站在大队部的追悼会上带领大家三鞠躬

然后放声大哭，全生产大队的人都痛哭流涕

哭声惊动大会场的窗门与天梁

我父亲死时，全村人也痛哭

因为大家都知道我父亲

他是真正无私奉献的共产党员

他是真正把党的恩情

送到了每个老百姓心上的人

为播撒党的光辉，奉献了他短暂的一生

2017年6月6日

民兵营长林老汉

林老汉，从小就是一个毛孩子
成年后满脸络腮胡子
胸毛一直长到了肚脐
个儿高大魁梧
一副少年老成的样子
生产队里大人小孩都管他叫
林老汉

林老汉出身苦，苗子正
爷爷抗日烈士，在雪峰山会战中牺牲了

父亲抗美烈士，在抗美援朝战争中牺牲了
他想当兵，多次向大队书记恳求
但他家剩下一个瞎老娘谁来照顾
大队书记说，保家卫国不一定硬要上前线
看你人高马大的，革命意志坚定
给你一个民兵营长干干
为我们大队练好民兵，练出真本能
随时听毛主席召唤
招之即来，来之能战，战之能胜

林老汉觉得书记说的话在理
听了书记的话，安心地从事大队民兵工作
一到农闲
林老汉就在大队部召集所有民兵进行集训
先练基本功：用扁担顶手劲、摔跤、担担子跑步
再练队列、卧倒爬行、拼刺刀、炸碉堡
林老汉说，练好这些本能，平时用于农业生产
战时，可以随时上战场杀敌人
林老汉不仅要求民兵集中练，还要求每个民兵

回到生产队带领男女老少在休工时间都要练
每人都要有梭镖、红缨枪
家家户户都是练兵场
林老汉还要求各生产队要进行练兵比赛
年底每个生产队都要派出代表队
到大队部操场进行练兵大比武

一时间红星大队掀起了大练兵的高潮
这个事惊动了上面
上面立即把红星大队的练兵运动作为典型
在全邵阳地区推广
武装部下令
要求各公社各大队都要开展练兵大比武
引来了各地参观学习者络绎不绝
林老汉被县武装部作为练兵模范
派到各公社开宣讲大会，并进行现场指导
林老汉，一下成了民兵将军
四处威风，俨然一个了不起的人物

这个好像了不起的人物
真成了了不起的人物
一天，生产队锄草午休时间
林老汉紧靠锄柄，眉飞色舞
两只眼睛转动着两点亮光
兴高采烈的声音
凝聚了空气
原来他正在不紧不慢地
讲述他刚从北京见了毛主席回来的经过
男男女女老老少少围着他
瞪大了眼珠在倾听

这次红星大队真出大事了
林老汉代表红星大队代表洞口县革命委员会
去了北京得到了毛主席的接见
林老汉战战兢兢握了毛主席的手
把老人家的嘱咐带回了家乡
他刚从县人民大会场宣讲回来
此时又私下在生产队里宣讲

林老汉豪情万丈，听众也摩拳擦掌
一边说，脸上一边展出一圈又一圈笑纹
那模样，连太阳都羡慕不已
此时，夏日的风被鼓动起来
掀起了层层气浪
从田垄冲上山岗
此时，脚下的草都精神抖擞了
豆苗、花生苗、高粱苗
都挺直了腰杆
在抢夺天空，坚守家园
茁壮成长

林老汉这次算是祖上积德
大大风光了一回
红星大队也跟着他扬眉吐气了一回
整个院子热闹了好一阵
社员们都兴奋得半个月没睡好觉
个个都在想象见到毛主席的情景

个个都在梦中见到了毛主席
天没亮大家就起床上工了
月亮洗了澡出来好久
大家都还不知道散工回家
生产队长笑呵呵
因为不用他吹哨子喊工了

林老汉从此声名远扬
三十多岁没找到对象的他
桃花运势不可挡，做媒的一波又一波
林老汉隔三岔五相亲
眼都看花了，仍五心不做主
最后还是要他老娘来定

他老娘是一个睁眼瞎，每一个来相亲的姑娘
老娘都摸了摸，听到了她们讲话的声音
都记在了心里
老娘琢磨了好几天，拉着林老汉的手说
“蛮伢子啊，就要了南山冲的满妹子吧

那妹子实诚，讲话细声细气的
讨她做老婆，你不会呷亏”
林老汉从了老娘
过了两个月，选了八月十五的日子就结了婚
林老汉春风得意，喜笑颜开

我们这些童子军也为林老汉由衷地高兴喝彩
想他过去经常教我们怎么打野仗
怎么卧倒、怎么偷袭、怎么打枪
怎么制作梭镖和红缨枪
记得有一次他叫我们卧倒爬行
三妹太认真，前面是一个石头
她也毫不犹豫地倒下去，结果胸部被撞肿了一个包
林老汉为此被三妹她娘
痛骂了两天两夜
过了几年，部队招女兵
林老汉为了圆三妹崇尚当解放军的梦
力荐三妹去了部队

林老汉，是我们童子军眼中的英雄
他要孩子们干啥大家绝对服从
想那时生产队缺少农药
稻禾病虫害严重
林老汉晚上带领我们到稻田里的田埂上点煤油灯
用这种方法杀死飞蛾，不让蛾虫产卵
田垄里一盏盏灯光像诱敌深入的战士
坚定信念，杀灭害虫
灯下是装满水，水上浮了一层煤油的脸盆或脚盆，是一口口陷阱
飞蛾一来，扑火掉下去就再也飞不起来
挣扎中，等待的是死亡
第二天，谁的煤油灯杀死的飞蛾越多
记工员给谁记的工分就越高

时间总会在记忆中产生空白
自从林老汉红火之后
不久，我就离开了红星大队上大学了
一晃四十年

岁月像村前的歪脖子树，弯曲在秋风里
一边收获荒芜的田园，一边捶打时光的隐疾
像许多美好的意外一样，村庄不断地虚构远方
包括星空、诗意和墓碑
当年那些热血沸腾的事情，有的消沉于时代的喧嚣
有的隐匿于田间的草莽

作为新中国农村第一代民兵营长
林老汉并没有光荣地完成任务
没有保护好自己的家乡
当他在改革开放前沿的经济建设主战场，奋斗了三十年后
他返回故乡的土地时，村庄已到处是空心房
子孙们七零八落，散失在江湖
几只野狗懒洋洋地
日夜跟随村里的老人们一起
把孤独踩得透心荒凉

在过于耀眼的光里，如同在黑暗里

我们总是看不清事物的真相
就像村前的一座破桥
歪在早已断流的河上，一副沧桑的模样
落日圆满，红得有点浮夸
破桥，任由秋风吹拂、岁月煎熬
它暗藏不为人知的隐秘
布生斑驳的青苔，敷衍岁月的流走
一朵小小的黄花，伸出小小的身子
仿佛从遥远的角落赶来的精灵
来见证一种不该有的存在

红星大队如今改名为楂林村
一个红色老村不甘佝偻于此，应重塑形象
林老汉要响应新时代的召唤
带头进行新农村建设
要给全村披挂最华丽的衣裳
要让自己和后代
活在好时光里，活在一首好诗里
倾听万物的呼声，清理光阴的灰尘

让一座座小洋楼撑起农家新的天空

让新的思路规划新的田园，赶出杂草，请回庄稼

让松针缝补着望乡之路

让鸟雀怀揣温暖，继续落户变美的乡间

让红薯藤拖动薄雾，把朴素的辞藻

一次又一次敲打进农家新的篇章

林老汉今年八十大寿

抱一壶老酒，自斟自饮

不知不觉间

感觉自己像对面留下的那堵大会场的灰墙

突然老了

某种疼痛在泛黄的稻禾上划过

又突然拐进自己的胸膛

眼花中

看岁月逝去

悄无声息

2017 年 6 月 7 日

生产队长陈老九

陈老九初小文化
性格直爽，嗓门大，天不怕地不怕
老支书是他大舅子
刚当兵回来
老队长就退休
他就被生产队选为革命事业接班人

陈老九平时话不多
说话时常带一点儿冷幽默
他说队里的庄稼

就是他读书时总做不好的作文
社员的脚印是逗号
生产队长一站就是个惊叹号
一年到头大家齐心协力
也圈不出一个完整的句号
兴趣来的时候，摆龙门阵说笑话
笑得挺着大肚的新媳妇腹里的孩子快掉下来
时不时也播播收音机里的新闻
有时夸夸他看云识天气的本事，说：
“今天最高气温穿短裤
最低气温穿棉裤”
他最清楚怎样和泥土、雨水打交道
却被种子和收成绑架了自己
带领生产队所有社员天天使出浑身解数
怎么也达不到种子和收成所提出的要求
怎么也平息不了饥饿与温饱的斗争

想当然他给我最大的印象
就是遇事谦虚谨慎

村前一株老梨树下横七竖八的石块
就是他多年来和社员们常坐的地方
月亮下，星星一聚拢
队里的大事小事都在这里决定
他坚决走群众路线
队里的事说是大家的事
其实就是他的事
他尽管不知道什么叫城府
但做事从不张扬，事前必须商量
待大家心知肚明
观点明确，说干就干
让大家心悦诚服

当然他也有无可奈何、力不从心的时候
比如洪水，比如大旱
比如张家找不到媳妇，李家走了婆娘
他说如果谁家断了粮
他还可以动员大家一起救济
他说他只是一个凡人，没有济公的法力但也不是一个

随便一扔即可破碎的瓷人

他有着黄牛的腰身

鼓凸的泥腿树木般站在地上

一看就知道

他是一个有力量有大气魄的真男人

群众没有什么话不可以对他说

再怎么的，他也要和大家一起挺住

慢慢把困难解除

挡住风雨

风雨一过，阳光就会照耀

我的一纸高考通知

从此脱离了生产队长陈老九的领导

除了寒暑假偶然遇见，很难见面

后来据说他从队长位置上退下来

去了广东

我参加工作，远离家乡多年

也很少耳闻家乡事

多少次梦见和陈队长在一起的时候

以红小兵、红卫兵的身份
跟着他的脚步往前走
听他吹口哨喊工的声音
他一声“上工了”的吆喝
惊起天上的彩霞在天空飘
田野里蝈蝈“吱吱”地叫
山坡上的蚂蚱在飞跃
树上的麻雀在“唧唧”地笑
它们惊奇地看着
父老乡亲在大寨田里喊口号
“今年亩产跨纲要”
想太阳正中头上顶
宽厚的土坡被刨去了一大半
偌大的大寨田还没有成型
每位乡亲肚子饿得“咕噜噜”叫
劳动按日工计酬
按劳分配，统筹安排
那偷懒的磨洋工的，不肯出工的
只能给予最低口粮

陈队长的故事如陈年的老酒

越放越稠

回回首

我是多么地再想牵起他的手

陪他放一次农田的水，看一次露天的电影

那美丽的岁月

那美丽的欢乐和忧愁

将被时间追溯成永久

2017 年 6 月 10 日

会计员周老拐

周老拐是一个神算子
他的算盘可是一绝
能一分钟算出天上的星星，河里的石子
他祖上是生意人家
抗日时爷爷带着父亲逃难到了这里安家
打算盘的技艺是他爷爷的真传
他当了会计，队里的账被他做得巴巴实实
一年到头，各家各户每一个社员
该得多少工分口粮，他都算得不差毫厘

周老拐四十来岁，还孤身一人
个子本来就不高，又是一个跛脚
走起路来一拐一拐
那是他十岁那年上山砍柴
一不小心从山崖上滚了下来
把脚摔断了，留下的残疾
后来只好待在家读书，打算盘
解放后，爷爷和父亲相继过世
母亲疯了，不知跑到哪里去了
他像一镰弯月，慢慢长大
一天到晚都是乐呵呵的
大家叫他周老拐
他不计较，还哎哎哎地直答应

周老拐不管是热天冬天
头上总要戴一顶鸭舌帽
他穿的衣服始终保持着干干净净
整整齐齐，衣服就是补了巴
穿在他的身上，大伙也觉得好看

特别是他那一身不晓得从哪里
弄来的一件旧军装
右胸袋别了支金钢笔
左胸袋上戴了一个毛主席像章
很是精神很是神气

每到生产队分东西的时候
他手拿算盘从家里出来
总是背着一个背包往队里赶
背包里鼓鼓的，社员们说
他的包里装的全是大家的账
随着他的身体一歪一歪
那把算盘发出节奏感极强的声响
那算珠之间的撞击声
撒落在通往队办公室的田埂上，很是好听
只要听到算盘响
大伙就知道是周老拐给大家分东西来了
那也是社员们最熟悉最喜欢听的乡间音乐
因为那里面充满着大家的喜悦

他还是一个万事通

修点农具，整点木活他都在行

他最了不起的就是懂电

当时农村都是用煤油灯照明

我们生产队附近驻扎有一个部队工厂

他们生产生活都用电

到了晚上那里灯火通明，像满天星

让大家眼热得很

周老拐也暗暗眼红，早在预谋这电的事

……

周老拐第一天晚上一搭上电

就被部队的人抓住了

周老拐因此挨了一顿批斗

我们那个生产队后来被改为了公社的农科队

上面给配备了一台柴油机和一台脱谷机

这玩意还真管用，割下的稻穗往那机器上一放

谷子就脱了下来，非常神奇

队长把这高科技交给了周老拐管
我们队里因为有了这高科技
收割就成了简单的事
附近的几个队羡慕得不得了
有一天，有一个队里的队长找我们的队长
说要用我们的高科技，队长答应了
队长把这事交给了周老拐
周老拐到了他们那里，人家又是烟又是茶，热情得很
他很快就把机器安装好了，再指挥他们怎么操作
到了吃饭的时候，他们弄了满桌子肉和鱼
再给他倒上一碗酒，周老拐真是高兴得不得了
真没想到这个高科技竟让他周老拐
过上了神仙的日子

一天夜里，周老拐睡得正香
突然有一股烟味把他呛醒
原来是他家祖传的两扇木板房烧起来了
他一惊醒，懵懵懂懂从火光中冲出来
大喊：“起火了，起火了！”

等大家慌乱中赶来时，周老拐才猛然记起屋里的账本
望着熊熊的大火
他撕心裂肺地哭喊：“账本，账本！”
猛地往火龙里冲，好几个人冲过去把他拉回来
等大家把火扑灭
账本和那一把常能发出动听音乐的算盘
已成为炭灰
“让我去死吧！让我去死吧！”
那凄惨的喊声，惊醒了星星，震落了月亮
把对面那座山都震得发抖

后来，周老拐辞去了他的会计职务
无论社员们怎样说，怎么劝，他就是不干了
他说他对不起大家，把账本搞没了
再也没脸为大家算账了
他每天和大伙一起干活，很少说话
少了过去的笑容，反应也显得迟钝了
没有了过去的机敏
大家听不见周老拐的算盘声了
一时还真不习惯，我发现

周老拐一天一天地变老了
而且老得很快。那次失火后
他被安排住在生产队废用的石灰屋里
那个跛脚迈出那屋门每次都很艰难
一次夜里自己给自己过生日，喝醉了酒
倒在床上，再也没有起来

深秋的田野
风的舌尖再三舔舐倒伏的稻禾
一只白鹭隐入其中
灵妙如魂
谁在呼唤
太阳怀揣慈悲，亲切得如同故人
山峦的表情突然那么肃穆
惹得溪流呜咽
我反复揉搓一个动词
并希望它产生五光十色
在泪花里浮现幻影，以证明或描绘
周老拐曾在村子活着的模样

2017 年 6 月 12 日

五叔金牙齿是保管员

那水边的蒿草老了，院子里的三合土老了
四十年前，许多挑担谷子能飞起来的汉子
如今，多了一条腿
要三条腿才能把世界支撑得平稳
月光清冷
托月亮今夜寻找当年生产队保管员五叔
可月亮已认不得他如今的模样

想当年，平日里，保管员五叔一出现
后面就跟了一串咿咿呀呀学语的孩子

有的跳着在拔他挂在腰上的一串钥匙
有的在撕扯他的衣裳，有的在抱着他的小腿
嚷求着给东西吃
一直跟到生产队仓库
闹得五叔招架不住
有时五叔愤怒地拿仓库的门板一扫
把小孩子们吓走
有时不得已打开仓门
给每个孩子发点能吃的小东西
如花生、芝麻
拿到东西
小孩子们才像小鸟一样散去

五叔最怕的是收割季节
一是晒谷坪的麻雀一群一群
铺天盖地而来，叽叽喳喳，嬉皮笑脸
赶了又来，来了又赶，防不胜防
二是晒花生、豆子、芝麻的时候
总有几个胆大妄为的顽皮鬼

偷袭而来，抓一把，塞在衣袋里就逃之夭夭
然后躲在一个角落里乐呵呵地笑着吃
吃完，又窥探五叔的行踪
伺机再次偷吃成功，直到肚子饱了
才找别的玩
一次五叔为了追赶他们
不慎把门牙摔掉了两颗
后补了两颗金牙
一笑，金光闪闪
从此大家都称五叔保管员叫金牙齿

金牙齿五叔，有了金牙一副福相
生产队的收成也好了起来
吃的东西也多起来
队里每个月能杀一头猪，或到塘里打一网鱼
各家都能分上一两斤肉或两三条鱼，打打牙祭了
大家都说托金牙齿的福啊
可一天夜里生产队仓库边突然烟火冲天
不知是哪个捣蛋鬼点燃了仓库边一堆草垛

火势蔓延开来，很快燃起了仓库
听到呼喊声，社员们都从梦中惊醒
拿着水桶脚盆脸盆纷纷赶去
金牙齿五叔家住就在仓库旁边
他早已打开了仓门，用箩筐装谷子
他一边装一边喊：“快来几个劳动力，帮我
把这些谷子、花生、高粱、芝麻、荞麦种子装出去！”

等大火扑灭，仓库也烧得差不多了
还好是冬天，仓库里只剩下各类种子
抢出了种子就是胜利
队长表扬他：“不错，不愧是革命军人出身！”
金牙齿一听，可得意了
可是队长不知道五叔在慌乱中东撞西撞
把金牙撞掉了
第二天，五叔发动所有的小孩子给他找金牙
找了老半天终于找到了，五叔高兴得不得了
捧来一大堆自家的花生犒劳孩子们
有人怀疑五叔偷用了生产队仓库的花生

这个事被举报了

马上来了工作队

……

五叔是抗美援朝的退伍兵

听说他负过重伤

关于伤情从不肯透露

一直没娶媳妇

默默帮衬着隔壁的一个寡妇

寡妇的男人跟他一起被抓壮丁

去了队伍就没再回来

留给她的是两间破屋和破屋一样老的父母

五叔多次偷偷救济过

好多年了，寡妇家全靠他的帮助

两位老人走的时候

五叔披麻戴孝痛哭，叫一声婶，喊一声叔

说：“我无能啊，兑现不了您儿子的嘱咐！”

时间久了，社员的舌头闲得发痒

那些风呀影的让长舌妇捉住
谣言长成墙上的草
风一吹唾沫星子漫天飞舞
他们把谣言做成有滋有味的馍
没事时揪一块，蘸上点醋，嚼着嚼着
小村的嘴嚼松了
松得像合不拢腰的老棉裤
寡妇躲在屋里偷偷地哭。五叔再昂着头走路
总觉得背后有刀子样的眼光在刺他
在剜他的脊梁骨

一天，五叔喝了很多酒
说有重要的事情宣布
当着全村老少爷们的面
金牙齿五叔含泪脱光衣服
除了醒目的伤疤
裆下空无一物

2017年6月13日